WALDFREMD

KATER OLLI VERLÄSST DIE COUCH

Iris Melcher & Kerstin Pabst

Verlag: myMorawa von Dataform Media GmbH, Wien

PRINTED IN AUSTRIA

ISBN
Paperback: 978-3-99110-621-0
Hardcover: 978-3-99110-655-5
e-Book: 978-3-99118-037-1

„UND HÄTT ICH LICHTENBERGS HUMOR UND HAMANNS TIEFE,
DOCH ERHIELTE ICH DAS MANUSKRIPT ZURÜCK,
BLOSS WEIL MAN MIR VIELLEICHT MEINER KRALLEN HALBER
KEINE AMÜSANTE SCHREIBART ZUTRAUT."

E.T.A. Hoffmann - Lebens-Ansichten des Katers Murr (1819)

TIERE UND PERSONEN DER ERZÄHLUNG

OLLI

Hauskater, 14 Jahre, schwarz-weiß, langhaarig

STANZI

Hauskatze, zart und schwarz, Ollis Schwester

DIE SEMMEL

Ein hellroter Streuner

DIE BUTLERIN

Ollis Angestellte und Besitzerin - ein Widerspruch in sich

DER SCHIFFSBAUER

Ein Freund der Familie, handwerklich maximal begabt

DOC KERSTIN

Tierärztin des Vertrauens und Co-Autorin

HUNDEFREUND

gibt immer seinen Senf dazu

BESTE KATZENFREUNDIN EVER (das bin ich)

versteht die echte Dimension des Hauskaters - as big as a lion

OLLI: „ALLES MEINS." DIE BUTLERIN: „GIB PFÖTCHEN!"

VORWORT

Olli riecht nach Moos. Seine Pfote ist nicht die sauberste. Sie ruht auf dem Kopfkissen der Butlerin, das perfekter Weise genau Katergröße besitzt. Somit bleibt kein Platz auf dem Kissen. Die Benutzerrechte sind klar: Olli ist King.

Manchmal duftet Olli auch nach Ribisel, frischer Luft oder feuchter Erde. Er ist noch nicht lange Geruchsbotschafter des Miniwalds hinter unserem Garten. Vor zweieinhalb Jahren durfte er sein Köfferchen mit allen Spielsachen plus Kratzbaum vom Personal packen lassen. Olli mutierte in Nullkommanichts vom gemütlichen Wohnungskater zum Luxus-Streuner mit Jagderfolg. Waldfremd war er zwar bei seinen ersten Ausgängen in die Natur, doch unsicher nie.

Das ist seine Geschichte. Notiert aus der Perspektive der Butlerin, nicht mit der scharfen Kralle von Olli. Dafür solide untermauert von Kerstin Pabst, der Veterinärin unseres Vertrauens. Die Olli und vor allem seine Schwester Stanzi nicht nur in jeder Fellrichtung kennt, sondern (leider) auch bis in seine Einzelteile - konkret bis in die Knochensplitter. Denn mit der Freiheit kommen die Risiken.

Ein 14 Jahre alter Hauskater und seine Abenteuer. Also - noch eine Katzengeschichte. Muss das sein? Unbedingt! Ollis Übergang vom Wohnungs- zum Teilzeit-Waldkater, der seiner Butlerin nun regelmäßig eine Maus kredenzt (sorry Mäusefans, sorry Mäusefamilien) ist ein Ansporn für die Cat-Community. Ein bisschen etwas Wildes schlummert doch in jedem von uns!

Kerstin Pabst

BEUTE – WOZU HAT MAN KRALLEN

Ein gemütlicher Sonnentag im Sommer. Da darf die Butlerin auch gern mal im Halbschatten dösen, äh philosophieren. Ein Glas Rosé kann nicht schaden, also auf in die kühle Wohnung. Schock am Teppich. Was ist das denn? Alles weiß, als ob es geschneit hätte. Leider Federn. Leider Vogelreste und Farbspuren. Blutstropfen. Oh nein. Olli, der sanfte Kerl, niemals dazu erzogen, aber doch als Jäger geboren, hat nicht nur das Winzi-Vögelchen erbeutet, sondern sich mit der Beute an der Butlerin vorbeigeschlichen. Die hat nichts gehört von einem Kampf im Wohnzimmer. Sorry, kleines totes Vögelchen, very sorry. Die Butlerin dachte immer, Stanzi sei die Jägerin und Olli bloß ein zu langsamer Möchtegern-Hallodri. Ein gelangweilter Zaungast. Dabei hat er mehr Jagdlust in den Krallen, als gedacht.

Die offiziell der Butlerin vorgelegte Beute bewegt sich innerhalb Jahresfrist im einstelligen Bereich und wiegt auch nicht so viel wie ein Babyelefant. Fünf Mäuse, zwei Vögel gehen bisher aufs bekannte Konto von Waidmann Olli, Tendenz deutlich steigend. 13 Jahre hat er auf dem Katzenbuckel, als er sich seines räuberischen Instinkts besinnt.

Die erste abgelieferte Maus lebte noch, weil sie sich vermutlich tot gestellt hatte. Blöderweise fand diese Performance im Wohnzimmer statt, die Terrassentür war geöffnet. Zack, Kater rein, Maus verloren. Maus rennt unter den Fernseh-Rolltisch. Kater rausgesperrt, der versteht die Welt nicht mehr. Maus im Schock. Sitzt im letzten Winkel, hinter Kabeln, ganz klein. Jetzt muss es schnell gehen, sonst ist sie ein Dauer-Wohnungsgast. Wozu hat man antistatische Haushaltsputzhandschuhe? Genau. Damit fängt man Mäuse. Handschuh an, Maus vorsichtig damit gepackt (glücklicherweise saß die Gute noch immer unter Schock an derselben Stelle) und umgehend in den Wald befördert. Wollen wir hoffen, dass sie den Schock und Ollis Mörderbiss (es war kein Blut zu sehen) überlebt hat.

Der Gang ist eindeutig ein anderer, wenn Olli MIT Beute um die Ecke biegt. Lässiger, aber doch wilder. „Seht mir alle zu, ich habe der Butlerin das Abendessen geliefert. Take away, so muss das sein!" Stolz sieht er aus, oder ist das wieder mal die Übertragung der Butlerin. Er sieht ein bisschen aus wie Crocodile Dundolli, fehlt nur noch der Lederhut und der Pistolenhalfter.

Natürlich spielt er dann mit den (fast) toten Beutestücken als wäre es eine Spielzeugmaus, hin her, hoch, links, rechts und nochmal reinbeißen. Wer hat ihm denn das beigebracht? Es war doch alles nur Spiel! Mit den Bändchen, mit den Stoffmäuschen, mit den Bällen. Jetzt gilt's und das weiß er.

Schönreden hilft nichts. Ollis Wilderer-Instinkt steigert sich. „Jetzt jagt er. Du kannst Dich auf Überraschungen gefasst machen", sagt die beste Katzenfreundin ever und lacht, „meine Katze Susi hat mir einmal einen Maulwurf gebracht, ein Riesentier." Weshalb der halbtote Maulwurf dann im Almkanal seine ersten Schwimmversuche machen musste, ist wieder eine andere Geschichte. Doch dass sich Ollis Vorgärtlein langsam in ein veritables Jagdrevier verwandelt, merkt die Butlerin selbst, als sie eines frühen Morgens noch im Dämmerschlaf eigenartige Geräusche aus dem Wohnzimmer vernimmt.

Olli war natürlich schon seit dem nassen Morgengrauen auf unbekannten Pfaden unterwegs. Vermutlich, so dachte sich die noch nicht ganz wache Butlerin, frisst er gerade seine Schale leer. Krack, Krack. Ob das neue Trockenfutter doch zu groß und zu hart war für den (sorry) alten Kater? Main Coone Bällchen, fast so groß wie Haselnüsse. Was für ein Schock dann der Blick in die Küche! Der gemütliche, nicht allzu flinke Olli tranchierte gerade eine gar nicht so kleine Maus. Direkt unter dem Esstisch, eh klar. Schon portioniert in fressbare und nicht fressbare Teile. Krack Krack. Mit einer Zielstrebigkeit, die der Kater sonst beim Fressen nicht an den Tag legt, frisst er fast die komplette Beute. Unmöglich, ihn zu stoppen, wie in Trance schlingt er. Beim Putzen des Tatorts denkt die Butlerin über Mäuseschicksale und Katzengrausamkeiten nach.

Gruselig, toll, Natur. Sind Katzen „böse", weil sie Vögel, Mäuse und sonstige nette kleine oder auch größere Tiere fangen? Anscheinend jagen sie ja auch, wenn sie gar nicht hungrig sind - nur weil sie es können und innerlich „müssen". Ollis Futternapf ist immer gut gefüllt. Es ist vermutlich die falsche Frage, ob sie deshalb weniger niedliche Kuscheltiere sind, weil sie ihren Jagdinstinkt nie verlieren - und trotzdem gern in der Villa mit Samtbett und handverlesenem Futter residieren. Kritiker werfen Katzen vor, egoistisch, selbstgefällig und „falsch" zu sein - nicht so treu und gelehrig wie Hunde. Wir verengen oft unseren Blick und machen eine Katze zu dem Wesen, das wir gerne hätten. In Momenten, in denen sie uns ihre wilde Seite zeigen, sollten wir sie noch mehr lieben. Und den Löwen im Hauskater respektieren - genauso wie wir die Beutetiere respektieren und sogar betrauern dürfen (sofern wir ein Herz für Mäuschen haben).

DER KATER LÄSST DAS MAUSEN NICHT: WARUM? HAUSKATER SIND GUT GEFÜTTERT UND JAGEN TROTZDEM - EINFACH INSTINKT?

KERSTIN PABST: *Der natürliche Jagdinstinkt einer Katze überwiegt oft als Anreiz für die Jagd als ein reines Hungergefühl. Selbst wenn unsere Tiere von uns gut gefüttert werden und keinen Hunger leiden müssen, gehen die meisten Freigängerkatzen trotzdem ihrem natürlichen Jagdinstinkt nach. Teilweise wird ihre Beute (zum Beispiel Mäuse und Vögel) gefressen, oftmals aber auch nur als reiner „Schatz" zum Besitzer zurückgebracht. Die Tiere sind dadurch beschäftigt, konzentriert und werden körperlich und psychisch ausgelastet. Eine erfolgreiche Jagd führt zur Ausschüttung von Glückshormonen.*

OLLI: „I AM KING OF THE CASTLE & ALL WOODS".

DIE METZGERIN

Ollis Vater ist ein „großer Unbekannter“, man weiß rein gar nichts vom ihm, nur dass er vermutlich ein Streuner aus der Gegend südlich von Salzburg war. Vielleicht ein norwegischer Waldkater vom Dürrnberg oder ein Maine Coon aus Hallein? Oder einfach nur ein wilder Langhaar-Dandy, der sich im Flachgau ein schönes Leben macht. Wird für immer das Geheimnis von Ollis Mom bleiben, einer hübschen schwarz-weißen Katze von einem Bauernhof.

„Wollt‘s a Katzerl?“ fragt ein kleines Mädchen am Wegrand. Julia hat ein schwarz-weißes Wollknäuel auf dem Arm. Fell in alle Richtungen und kleine Knopfaugen. Kann man in einer Hand tragen. Sieht aus, als hätte er Fell für drei Katzen mitgekriegt. Die Butlerin in spe ist verloren. Steigt wie in Trance ab vom Rad, vergessen ist der Eissalon in Hallein - das Ziel der Ausfahrt - gegen die Magie von Katzenbabies lässt sich nichts ausrichten. Bloß mal schauen und ein bisschen streicheln.

„Nein, ein Katzerl nicht. Habt‘s vielleicht zwei?“, hört sich die Butlerin fragen, die doch gerade vor sechs Monaten Stein und Bein geschworen hat, fortan ein Leben ohne Katzen zu führen. Zu traurig war das Ende von Tigerkatze Löwi, immerhin stolze 19,5 Jahre. Da braucht es etwas Abstand. Warum das Katzen-Trauerjahr dann nahtlos in einen Katzenbaby-Genussprojekt überging, ist bis heute unklar.

Welpe Olli und Stanzi

Ein bisschen Bedenkzeit erbittet sich die radelnde Butlerin und setzt doch den Weg nach Hallein fort. „Wartens‘ nicht zu lange“, sagt das Katzenmädchen an der Salzach, „auf den kleinen Kater hat die Metzgerin von Hallein auch schon ein Auge geworfen. Aber wenn Sie zuerst wiederkommen und ihn wollen, gehört er Ihnen“. Und natürlich gibt es nicht nur den kleinen unfrisierten Kater, sondern einen ganzen Wurf zum Aussuchen. Also wäre die Sache mit der Einsamkeit schon mal gelöst.

So schnell verschwand noch nie ein Eis und so schnell war die Strecke von Hallein nach Rif auch noch nie erledigt. Also, der Metzgerin von Hallein kann man so einen Wuschelkater nicht überlassen, wobei das Reich aus Würsten und Steaks, in das er sich dann hätte begeben können, aus Ollis Sicht paradiesisch anmuten muss. Gut, dass er nichts davon weiß. Handschlag, „gilt schon“, und die Katzenbabies haben ein neues Zuhause. Auf dem Rückweg nach Salzburg stehen dann die Namen gleich fest. Stan & Olli müssen es sein, denn die Ähnlichkeit ist schon verblüffend. Dass dann Stanzi und Olli daraus werden, ist wieder eine andere Geschichte.

WIE ALT SOLLTEN KATZEN SEIN, WENN MAN SIE ZU SICH NIMMT?

KERSTIN PABST: *Katzen sollten mindestens bis einschließlich zur 8. Lebenswoche bei ihrer Mutter und Geschwistern bleiben. Eine Abgabe ist erst mit der 8. Lebenswoche erlaubt. Wenn man bis zu einem späteren Zeitpunkt wartet, etwa bis zur 10. oder 12. Lebenswoche, ist das für die Entwicklung und Prägung eines Katzenwelpens sicherlich kein Nachteil.*

EINE ODER ZWEI KATZEN?

KERSTIN PABST: *Diese Frage lässt sich nicht allgemein beantworten. Natürlich profitieren gerade junge Katzen von einem gleichaltrigen Sozialpartner im neuen Zuhause. Es können sich dicke Freundschaften entwickeln. Jedoch gibt es auch unter den Katzen Einzelgänger. Gerade bei erwachsenen Katzen entscheidet oft ganz individuell die Sympathie zwischen den einzelnen Samtpfoten, ob eine Zusammenführung gelingt oder nicht.*

INTO THE WILD

Das Beste am Umzug sind die Kartons. Aus Katzensicht, natürlich. Im alten Wohnzimmer wächst der Stapel zu einem Turmbau zu Pappe(l). Unten verzweifelt die Butlerin, oben thronen: King Olli und Miss Stanzi, seine kleine, sprungfreudige Schwester.

Am Umzugstag ist daraus eine schöne Papplandschaft geworden, aber das Verfallsdatum steht fest. Olli und Stanzi bleiben am längsten in der alten Wohnung, in ihren Lieblingsverstecken im Regalzimmer. In der neuen Wohnung am Waldesrand erwarten sie natürlich der alte, leicht zerfetzte große Kratzbaum und sämtliche Spielzeuge plus Lekkerlis. Die Katzenumzugsfahrt dauert zehn Minuten und genügt für ein schönes, lautes „Nooo - Mioooo", denn wenn Olli und Stanzi chauffiert werden, bekunden sie ihren Protest von der ersten bis zur letzten Sekunde.

Im neuen Domizil kann Stanzi es kaum glauben. Sie macht ihre runden Augen noch größer als sonst und stolziert voll vorsichtiger Verachtung herum. Suchend, ein bisschen verzweifelt. Der Lageplan ist komplett neu?! Boden weg unter den Pfoten. Das ganze bisherige Katzenuniversum verschwunden, nur noch die Butlerin ist da, und auch die ist hektisch.

Ollis Einzug dagegen gleicht dem Triumphmarsch des Imperators beim Einzug ins Kolosseum. Fast hört man ein bisschen den Klang der Fanfaren. „Ah diese Wohnung hat einen langen Laufsteg. Gerade richtig für meine außerordentliche Schönheit". Schwanz hoch und entlang stolziert. „Alles meins".

Das Stanzi-Drama erreicht in der ersten Nacht in der neue Bleibe seinen Höhepunkt. Die kleine schwarze Katzen-Dramaqueen kann sich partout nicht beruhigen, rennt herum, miaut jämmerlichst und sucht den Ausgang nein, den Übergang in die alte Welt, ins alte Leben. Alles Tragen, Streicheln und Zusprechen der Butlerin hilft nichts. Es herrscht das jammernde Elend, bis dann doch im Morgengrauen alle erschöpft die Schnurrhaare hängen lassen und ein bisschen schlafen. Anruf bei den Vets: „Ah das kennen wir. Wir haben homöopathische Tabletten mit grünem Tee und dann noch den Pheromon-Stecker in die Steckdose, das hilft!". Gesagt, geholt, gesteckt. Siehe da, es wirkt, ein bisschen zumindest. Miss Supernervös entspannt sich leicht und checkt mit dem coolen Bruder Olli - das Wort Aufregung muss für ihn erst erfunden werden - dann doch das neue Territorium. In- und Outdoor, die Welt ist doch noch da.

In den ersten vier Wochen nach dem Umzug darf natürlich keine Pfote in den Garten, erst einmal eingewöhnen. Verbarrikadierung ist gefragt, denn die Terrasse geht direkt in einen kleinen Garten und dieser wiederum in einen kleinen Wald über. Dann noch der zaunlos erreichbare Nachbarsgarten, der nur das Sprungbrett in die weitere Wildnis ist. Also, man braucht doch Netz und Co zum „Käfigbau auf Zeit".

Der Schiffsbau-Freund kommt und rät: Seitenmarkise. Zum Aufziehen, also wie eine querliegende Jalousie. Ein weiterer Teil kann mit Katzennetz abgesichert werden, schön und katzensicher. Alles gut. Bis eines Morgens, noch in der Dämmerung die Terrasse verdächtig leer ist, dafür dass knapp vorher noch Stan und Olli auf Posten lagen und nach dem frühen Vogel schielten. Spurlos verschwunden vom Katzenterrain. Panik bei der Butlerin. Flehende Rufe. Stanzi, schwarz wie die Nacht, sitzt still und unsichtbar unter der nächsten Hecke, aber Ollis weißer Latz leuchtet aus dem verwilderten Gärtlein der Vogelnachbarin.

„Dann machen wir unten die Luken dicht“, sagt Freund Schiffbauer, der sich gerne mit Holz beschäftigt und Zuhause das schönste Hühnerhaus der Welt errichtet hat. Sogar mit original Ölgemälden zur ästhetischen Erbauung der Hennen, aber das ist eine andere Geschichte. Er muss es wissen, wie das geht, er hat schwimmende Ozeanriesen so konstruiert, dass kein Wasser hineinkam - da muss eine Barriere für Katzen doch ein Kinderspiel sein. Erst einmal Analyse des Ausbruchs der Stubentiger. Vermutlich haben sich Stanzi und Olli unterhalb der beweglichen Seitenmarkise rausgequetscht. Das war ein zu leichtes Spiel. Da wird das Hindernis einfach verschärft. Auf ein Spezialbrett mit eigens geschmiedeter Halterung folgen noch eine Holzlatte mit 40 Zentimeter hohem, darauf fix befestigten Maschendraht-Zaun. Der Turmbau zu Liechtenstein wird mit einer Reihe an Blumentöpfen vervollständigt. „Zu 100 Prozent katzenausbruchsicher“, meint der Schiffsbauer. Er kennt die Pfoten-Matrosen schlecht. Selbst diese Dreier-Front hält Olli und Stanzi nicht davon ab, sich hin und wieder in die echte Freiheit jenseits der kultivierten Terrasse zu begeben.

„Uns kann so schnell nichts trennen.“

UMZUG MIT KATZEN: WAS KANN SCHIEF LAUFEN? WIE ERLEICHTERT MAN DEN EINZUG?

KERSTIN PABST: *Umziehen mit Katzen kann zu einer Herausforderung werden. Gerade sensible Samtpfoten leiden sehr unter Veränderungen in ihrem gewohnten, sicheren Umfeld. So sollten vorab bereits Vorkehrungen getroffen werden - wie sichere, ruhige Rückzugsorte in der alten Wohnung während der Einpack-Phase. Man sollte eventuell auch an beruhigende Medikamente denken, wie Pheromonzerstäuber oder andere Nahrungsergänzungsmittel wie Rescue Tropfen. Außerdem können die Tiere an ihre Transportbox gewöhnt werden. Dies lässt sich zum Beispiel durch positive Verstärkung trainieren.*
Gegen Übelkeit bei längeren Autofahrten kann der Tierarzt Medikamente anbieten.
Am Umzugstag die Katzen möglichst wenig stressen. Somit ist es wichtig, den Tieren auch am Tag des Umzuges einen ruhigen Rückzugsort anzubieten oder die Tiere an einen gewohnten Platz auszuquartieren (zum Beispiel beim Katzensitter).
Die Katzen sollten erst nach dem Umzug in die neue Wohnung kommen. Es ist besser, wenn sich dort keine fremden Personen aufhalten. Den Tieren gleich einen ruhigen Rückzugsort mit gewohnten Dingen wie Decken, Höhlen und Weiteres mit ihrem eigenen Duft anbieten. Ebenso empfiehlt es sich, im Katzenklo etwas benutztes Einstreu einzulegen, so erkennen die Tiere sofort ihren eigenen Geruch wieder.
Wichtig ist, dass in der neuen Wohnung mindestens 4-6 Wochen alle Fenster und Türen geschlossen gehalten werden, damit die Katzen genug Zeit haben, sich an ihren neuen Lebensraum zu gewöhnen.

Trotz aller Maßnahmen besteht das Risiko, dass die Katze trotzdem entwischen könnte oder bei ihrem ersten Freigang im neuen Zuhause nicht mehr nach Hause findet. Deshalb ist es ratsam die Katze vorab zu chippen und vor allem auf einer der gängigen Datenbanken zu registrieren. So kann, wenn das Tier gefunden wird, der Tierhalter sofort ermittelt werden und der verlorene Liebling kommt zurück zum Besitzer.

SCHWESTERHERZ

So zart und so elegant wollte die Butlerin auch sein. Stanzi (voller Name: Konstanze) ist eine schwarze Katze wie aus dem Bilderbuch. Schlau, schön, aufmerksam, wendig und magisch. „Ihr Schwanz ist zu kurz“, sagt die beste aller Katzenfreundinnen ever, „aber das tut ihrem Charisma nichts“.

Gegen den gewichtsmäßig überlegenen großen Bruder wehrt sich Stanzi ausschließlich mit List. Mehr als einmal versteckte sie sich hinter einer Tür oder einem Vorsprung und hüpfte im entscheidenden Moment genau so weit und so hoch, dass Olli - der gerade selbstvergessen um die Ecke schritt - seinen Helikopterstart zeigt. Er geht mit allen vier Pfoten zugleich in die Luft.

Seine leicht grobmotorischen Liebesbezeugungen nimmt Stanzi huldvoll hin, schleckt dem Bruder auch immer wieder sorgfältig übers Köpfchen. So als wollte sie sagen: Du kannst das nicht, ich übernehme die Putzerei. Stundenlang kann sich Stanzi putzen, bis das schwarze Fell glänzt wie poliert. Immer nach dem gleichen Schema und nie ermüdend zum Zuschauen. Man merkt das Wohlbehagen, das im Lauf der Putzprozedur einsetzt.

Stanzi bemerkte in wenigen Sekunden, wenn etwas neu war in der Wohnung, das ihre Kreise störte. Oder bereicherte. Ausdauerndes Beobachten gehörte zur Alltagsroutine und auch das „Kommentieren“ verschie-

„Stanzi Eleganzi!"

dener Beobachtungen. Ein Vogel? Keckkeckeck. Die Butlerin hört zu telefonieren auf? Miaoooo, miooo. Ein mitteilsames Wesen mit sanftem und genauen Blick.

Die Kleine kann alles besser als der große Bruder. Nur die Ruhe, die hat er im Übermaß. Stanzi ist mehr der „lasst Taten sprechen"-Typ. Sie kann Schubladen aufziehen und Türklinken runter drücken (einfach hochspringen und dranhängen). Olli steht in einem halben Meter Abstand daneben und beobachtet seine kleine Schwester. Manchmal probiert er die Tricks auch, in gehöriger zeitlicher Distanz. Nachdenkpause. Abwarten. Könnte klappen, auch wenn man Olli heißt.

Nie würde Stanzi beim Balancieren wackeln oder abstürzen, wie es Olli regelmäßig praktiziert. Er fällt sogar immer wieder vom Sofa, wenn er sich dort wohlig räkelt und den Rand des Couch-Universums vergisst oder seine Größe unterschätzt. Eines stand die ersten zehn Lebensjahre von Stan und Olli fest: Sie ist trittsicher und geschickt, er ist ein schöner, schielender Tollpatsch. „Olli würde bei mir in die Fördergruppe kommen, wenn er in meiner Klasse wäre", sinniert die beste Katzenfreundin ever. Was wirklich in Olli steckte, konnte er erst beweisen, als sich die Terrassentüre zum „Garten der Freheit" öffnete. Und damit verblüffte er alle Zweibeiner, die ihn als ruhige Sofa-Dekoration kannten, nachhaltig.

Als Stanzi plötzlich regelmäßig aus dem Wasserglas der Butlerin trank und gleichzeitig immer dünner wurde, fiel das der Tierfreundin aus München auf. „Geh zum Tierarzt und lass das checken", lautete der Hinweis, der mehr als korrekt war. Nach dem ersten Rätselraten folgte die Blutuntersuchung und hier kam die traurige Wahrheit ans Tageslicht: Stanzi hatte Diabetes. „Katzen können das auch kriegen?", wunderte sich der Hundefreund. Die Folgen für Kätzchen und Butlerin waren gravierend. Täglich möglichst mehrfach den Blutzuckerwert bestimmen und entsprechend der Messung Insulin verabreichen. Nicht mit einem Pen, sondern einer Einwegspritze, subkutan. Ganz einfach, nicht wahr? Stanzi, die gegenüber ihrem Bruder über einen Temperamentüberschuss verfügte und sich schon im Ruhezustand wie ein nervöses Dressurpferd vor dem Wettkampf verhielt, wusste noch nichts von ihrem Glück. Die Butlerin schon, was den gemeinsamen Nervositätsindex in ungeahnte Höhen schraubte. Aber es gab keine Wahl - sonst würde Stanzi vor dem vollen Napf verhungern, denn Katzen mit Diabetes können ihren Glukosehaushalt nicht mehr regulieren. Sie würde immer mehr fressen, aber ihr Körper könnte die aufgenommene Energie nicht mehr ausreichend verwerten.

Täglich Blut abnehmen? Nur einen Tropfen? Der kleinen Stanzi? Aber wo? Am besten am Ohr, lautete der tierärztliche Rat. Irgendwie fehlte dabei das Glück und die Butlerin hatte auch genau dann eine Hand zu wenig. Bis endlich ein Tröpfchen Blut aus Stanzis Ohr gewonnen war, das dann auf den Teststreifen gelangen sollte, hatte sich das Messgerät wieder ausgeschaltet oder es signalisierte: Ungenügende Menge. Dann wiederum traf die Butlerin die Ohrrand-Vene und das Blut spritzte nur so durchs Wohnzimmer, im Schockmoment entkam Stanzi und verteilte ihre winzige Blutspur wie eine Mahnung auf dem Parkett: Komm mir nicht mehr zu nahe!

Ok, dann halt nur Insulin auf Verdacht spritzen. Das wiederum klappte sehr gut. Hautfalte machen und rein mit der Nadel. Alles nur Gewohnheit. Stanzi gab auch keinen Mucks von sich, also schien das Ganze nicht weh zu tun. Bloß nicht in Unter- oder Überzucker geraten. Die Werte mussten dann in der Tierklinik regelmäßg überprüft werden und erbrachten erfreulicherweise eine Stabilisierung des Zustands. „Manche Katzen können mit Diabetes noch 7 Jahre leben", hieß es. Optimismus ist doch nie verkehrt, selbst wenn das Kätzchen schon 12 Jahre alt ist und ziemlich klapprig in der Welt herum stakst. Einziges Problem: Dienstreisen der Butlerin. Nicht nur einmal mussten das Fliegercamp unterbrochen, ein Rückflug organisiert und Stanzi versorgt werden. Das konnte man keinem Katzensitter zumuten, und auch die kleine Hektikerin Stanzi wäre nicht amused gewesen, wenn ein „Fremder" ihr mit der Spritze zu nahe gekommen wäre.

Am Ende - nach einem halben Jahr mit diagnostizierter Diabetes und Insulingaben - ging dann alles ganz schnell. Es waren heiße Tage im Juli und Stanzi war - nach einer kurzen Reise der Butlerin - wieder happy und wohlauf. So schien es jedenfalls. Am Tag danach war alles anders. Sie lag in der prallen Sonne und bewegte sich nicht mehr. Keinen Zentimeter. Ihre Hinterpfoten gehorchten ihr nicht und Miss Quirlig war komplett apathisch. Also ab ins Vet-Zentrum. Die Blutzuckerwerte ergaben nichts Auffälliges, etwas erhöht, aber ok. Widerwillig stimmte die Butlerin zu, Stanzi über Nacht in der Klinik zu lassen.

Am nächsten Tag kam statt des erlösenden Anrufs von dort die Bitte, doch mit dem Schlimmsten zu rechnen und sich für das „Ende des Leidens" zu entscheiden. „Kommen Sie am Nachmittag, dann geben wir ihr nochmals eine Infusion, vielleicht wird es wieder besser". Doch alles vergeblich, Stanzi wollte nichts mehr fressen und konnte auch ihre Blase nicht mehr kontrollieren. Die Tierärztin brachte sie aus dem Keller (Kranken-Station) in den Behandlungsraum. „Kann ich ihr das Lieblingslekkerli geben?", fragte die entsetzte Butlerin. „Alles was Sie wollen", lautete der Rat, der die Richtung klar machte. Vielleicht ein Tumor, der die Situation so rasant verschlechtert hatte - Klarheit hätte nur eine Obduktion erbracht. Geschenkt, das bringt nichts an Erkenntnisgewinn und lindert die Trauer auch nicht.

„Miao", sagte Stanzi, ganz leise, und das letzte Miao vergisst man nicht. :((

KERSTIN PABST: *Eine Katze mit Diabetes kann normalerweise mit viel Mühen und Durchhaltevermögen, Futtermanagement und Kontrollen gut eingestellt werden. Mit einem gut eingestellten Diabetes kann eine Katze unbeschwert ein normales Leben führen. In den meisten Fällen empfinden die Tiere sowohl das regelmäßige Blutzuckermessen und die Insulinspritzen durch ihren Besitzer als ziemlich harmlos. Gerade wenn es eine gewisse Regelmäßigkeit hat, klappt die Therapie meist unproblematisch. Jedoch ist es auch möglich, dass die Erkrankung auf die Therapie wie Futterumstellung oder Insulinspritzen nicht anspricht oder die Tiere bei er Verabreichung der Insulinspritzen unkooperativ sind. Folglich würde der Zucker früher oder später unweigerlich eskalieren und zu hochgradigen, schweren und lebensbedrohlichen Elekrolytverschiebungen führen. Dies nennt man dann eine diabetische Ketoazidose und muss intensivmedizinisch behandelt werden, sofern dies gewünscht ist. Ansonsten bleibt bei einem entgleisten Diabetes nur die Euthanasie. Katzen mit Diabetes sind gefährdet für Infektionen. Zum Beispiel Harnwegsinfekte.*

WIE ERKENNT MAN SCHWERE ERKRANKUNGEN BEI TIEREN?

KERSTIN PABST: *Krankheitssymptome können sehr unspezifisch und unterschiedlich sein. Neben eher unscheinbaren Verhaltensveränderungen wie vermehrtes Schlafen und Zurückziehen können auch Symptome auftreten wie verminderter Appetit, struppiges/schuppiges Fell, müde Augen, Verdauungsprobleme, Gewichtsverlust, vermehrte oder verminderte Wasseraufnahme bis hin zu deutlich reduziertem Allgemeinbefinden, Apathie, Fieber, Erbrechen und vollständige Appetitlosigkeit.*

TRAUER NACH DEM TOD VON TIEREN: WAS HILFT

KERSTIN PABST: *Die Verarbeitung des Verlusts eines Tieres kann ganz unterschiedlich ablaufen und unterschiedlich lange dauern. Es kommt auch darauf an, ob der Tod plötzlich und unerwartet eingetreten ist oder ob man sich zum Beispiel bei einem älteren oder kranken Tier langsam auf den Abschied vorbereiten konnte. Manche Tierhalter entledigen sich schnell aller Dinge, die sie mit ihrem verstorbenen Vierbeiner verbinden, andere bewahren diese fürsorglich auf, schauen sich Fotos und Videos an.*

Nach dem Tod seines Tieres kann man es im Tierkrematorium verbrennen lassen. Die Asche erhält man dann in einer ausgewählten Urne zurück. Diese kann man dann beisetzen. Hier gibt es sogar eigene Urnenfriedhöfe für Tiere. Oder man kann die Urne zuhause an einem Ehrenplatz aufstellen.

Manche Tierhalter geben nach dem Tod ihres verstorbenen Lieblings relativ schnell einem neuen tierischen Begleiter ein neues Zuhause, andere wiederum benötigen mehrere Monate oder Jahre, um sich überhaupt mit dem Gedanken eines neuen Haustieres anfreunden zu können. Jeder Mensch verarbeitet den Verlust seines tierischen Familienmitgliedes anders.

Das letzte Miau vergisst man nicht.

ZICKZACK IM DSCHUNGEL

„Ollis Schwester ist tot, er leidet, jetzt lasse ich ihn raus. In den Garten". Als die Butlerin beim Tierarzt erzählt, ist einer der Vets aufrichtig begeistert. „Er wird ein Freigänger! Da wird er sich freuen. Das ist gut! Für Katzen das Allerbeste", lautet der einhellige Vet-Kommentar zum zaghaften Plan für die „Zeit nach Stanzi". Eindeutig aus der Not geboren, den traurigen Olli aufzumuntern. Lethargisch und appetitlos hängt er in den Seilen. Das sind klare Zeichen, dass er seine kleine, ehemals so quirlige Schwester voll vermisst. Da kann die Butlerin mit allen Tricks arbeiten. Er hebt nicht mal den Kopf.

Also: Frei-Gänger. Nach 12 Jahren Dasein als Wohnungskatze mit Vogelbeobachtungsposten. Und nicht gerade ausgeprägten akrobatischen Fähigkeiten. Während die elegante Stanzi noch jeden Balanceakt mit Bravour meisterte, segelte Olli regelmäßig zu Boden. Vom Tisch, von der Stuhllehne, vom Regal - ja selbst vom Sofa, wenn er sich mal wieder ausgiebig geräkelt hatte. Bamm, abwärts.

Er würde ja hoffentlich nicht gleich die Bäume der Umgebung von oben erkunden.... dachte die Butlerin etwas ängstlich über die eigene Courage. Ach was. Der Vet setzt flink den Chip unter Ollis dichtes Nackenfell. Registrierung am Computer nicht vergessen und fertig ist „der Freigänger". „Er wird eh nur im Garten bleiben, dort wo du bist. Am Anfang hat er sicher Angst, sich zu weit zu entfernen", sagt die beste Katzenfreundin ever. Vorher noch ein Versuch mit dem Katzengeschirr. Leider passt Olli nicht ins „Normal-Katzengeschirr", einfach zu stattlich, haha. Der freundliche Herr im Tierfachgeschäft empfiehlt das moderne Windhundgeschirr als Alternative. „Da braucht er bloß reinzusteigen, vorn mit beiden Pfoten". Gesagt, getan und Olli steigt brav rein und nach einer kleinen Gartenquerung elegant wieder heraus. Fesseln muss man abstreifen.

Aber den kleinen Olli so ganz allein in die weite Welt schicken? Das kommt der Butlerin doch wie ein unfreundlicher Akt vor. Also, moderne Zeiten, warum bestellen wir nicht einen Cat-Tracker. Katzenüberwachung per GPS, das gibt die Restsicherheit, die beim Auswildern eines Wohnungskaters gut tut.

Hier macht sich Ollis stoisches Gemüt (als Pferd wäre er sicher ein solider Noriker) positiv bemerkbar. Der Tracker entpuppt sich als mittelschweres, mittelgroßes Gerät, das eng am Hals anliegen soll. Das Probe-Anlegen klappt ohne Murren oder Fauchen, das Handy gibt schon die ersten Daten preis: „Olli ist in der Nähe". Gut, das stimmt, er steht noch bei Fuß. „Lass ihn endlich raus, du kannst ihn ja jetzt verfolgen", sagt der Hundefreund und Ober-Navigator streng. Insgeheim zweifelt er natürlich an der Intelligenz der Katzen, weil ja bekanntlich Hunde so viel mehr an Tricks drauf haben.

Olli blinzelt nicht vorsichtig um die Ecke zur Vogelfreund-Nachbarin, er schaltet auch nicht den Zeitlupen-Gang ein, sondern gibt richtig Gas. „Verstanden, ich bin frei". Als ob er sein Leben nie etwas anderes gemacht hätte, rennt er in „sein" Revier und verschwindet hinter der nächsten Hecke. „Er ist weg", denkt sich die Butlerin mit leicht erhöhtem Blutdruck, „und er findet nie wieder heim. Der kennt doch nur den Weg vom Sofa zum Fresschen und retour." Natürlich findet Olli heim und beweist dies auch in regelmäßigen Abständen. Manchmal dauern seine Revier-Überprüfungen nur zwei bis drei Minuten (bei Regen, Schnee und Graupel) und manchmal eine gute Stunde oder mehr (perfekte Tageszeit, perfekte Temperatur). Auch die Befürchtung der Butlerin, Olli würde sich unter den netten Nachbarinnen die ihm genehmste Neu-Butlerin aussuchen, erwies sich als falsch. Rückkehr ist bisher garantiert, Anhänglichkeit nach dem Outdoor-Abenteuern auch, schmutzige Pfoten und sonstige Fell-Mitbringsel (ein Kater hat schließlich keinen Rucksack oder Messenger-Bag bei sich, um alles Erbeutete schick zu verstauen) sind doch nicht der Rede wert. Die Katzen-Freiheit zählt!

„Schmutzige Pfote? Schmeckt mir nicht."

WARUM IST ES GUT, EINE KATZE ZU CHIPPEN? WAS IST DAS GENAU FÜR EIN CHIP?

KERSTIN PABST: *Der Mikrochip für Hunde und Katzen enthält eine 12 stellige Zahlenkombination, die international nur einmal vergeben wird. Somit ist Ihr Tier einmalig und individuell gekennzeichnet. Der Chip wird per Spritze unter die Haut implantiert, meistens an der linken Halsseite. Dies ist für die Tiere meistens nur kurz beim Einstich etwas unangenehm, jedoch nicht weiter schmerzhaft. Der Chip bleibt lebenslang unter der Haut erhalten und verursacht keine weiteren Schmerzen oder Schäden.*

Nach Registrierung der individuellen Chipnummer auf einer der gängigen internationalen Datenbanken kann Ihnen Ihr Tier jederzeit und überall zugeordnet werden.

WIE KANN MAN EINEN HAUSKATER/KATZE AUFS FREIE VORBEREITEN?

KERSTIN PABST: *Wenn Ihre Katze bereits in der Wohnung starkes Interesse an der Außenwelt zeigt, ständig am Fenster sitzt oder sogar eindeutig mit Kratzen oder Miauen zeigt, dass sie hinaus möchte, können Sie Ihr Tier mit kleinen Schritten an Draußen gewöhnen.*

Wenn Sie Ihrem Tier langsam und ohne Druck beigebracht haben, ein Brustgeschirr und eine Leine zu tolerieren, wäre es an der Zeit, dass Sie gemeinsam mit Ihrer Samtpfote die ersten

Schritte in ihrem Garten und der näheren Umgebung unternehmen. So vermitteln Sie der Katze Sicherheit.
Versuchen Sie, die „Ausgehzeiten“ am Anfang möglichst kurz zu halten und Ihre Katze - sofern möglich - dabei zu beobachten.
Schaffen Sie einen stabilen Tagesrhythmus. Wenn Ihr Tier feste Fütterungszeiten hat, wird es sich auch am Anfang ihres Freigangs zu diesen Zeiten nach Hause orientieren
Bieten Sie auch im näheren Umkreis Ihres Zuhauses Ihrer Katze einen sicheren Rückzugsort an
Klären Sie vorzeitig ab, welche Kater/Katzen es in der Nachbarschaft gibt und mit welchen tierischen „Kollegen“ Ihre Katze Probleme haben könnte

NAVIGATION GANZ NATÜRLICH: WARUM KATZEN NACH HAUSE FINDEN

KERSTIN PABST: *Katzen finden aus bis zu zwölf Kilometern Entfernung wieder zu ihrem Zuhause zurück. Nach bisherigen wissenschaftlichen Erkenntnissen basiert ihr Orientierungssinn auf gespeicherten Sinneseindrücken von Bildern und Tönen. Das Läuten der Kirchturmglocken zum Beispiel dient der Katze also gewissermaßen als akustisches Landschaftsmerkmal.*
Weiters wird vermutet, dass Katzen sich den Sonnenstand rund um ihr vertrautes Revier zu unterschiedlichen Tageszeiten einprägen. Befinden sich die Tiere dann an einem anderen Ort, setzen sie ihre Einprägungen zum aktuellen Sonnenstand in Bezug und können sich somit auf ihrem nach Hause Weg besser

orientieren. Für diese Annahmen spricht, dass Katzen mit regelmäßigem Ausgang über einen stärker ausgeprägten Orientierungssinn verfügen, als reine Stubentiger. Die Freigänger können mehr Sinneseindrücke sammeln und besitzen somit mehr Referenzdaten für die Navigation.
Leider gibt es genug Berichte, wonach Katzen manchmal nicht mehr nach Hause finden. Sei es durch Irritationen wie Baustellen, Silvester, Unfälle oder sonstige Traumata. Auch können sie durch Rivalen aus ihrem Revier vertrieben oder in Kellerräumen, Tiefgaragen oder Gartenhäuschen eingesperrt werden. Manchen Katzen steigen auch aus Neugier in fremde Autos oder Lieferwagen ein und werden mehrere Kilometer weit mittransportiert und landen an einem ihnen vollkommen unbekannten Ort.

DER TRACKER

Wir wissen es, big brother is watching you. Und big brother steckt im Handy der Butlerin sowie im Tracker von Olli. Diese Woche zum Beispiel hat Olli 7046 Petpoints erreicht, sagt die App, glänzt allerdings nur mit 8 Prozent Aktivität und ist zu 92 Prozent ruhig. Wenn die wüssten! Vielleicht vergleichen sie ja Hund mit Katz? Nein, muss schon seine Richtigkeit haben. Es gibt sogar eine weltweite Rangliste, die Kater Mikes mit 236 000 Punkten anführt, Olli hält sich im guten Mittelfeld mit 32 413 Punkten gleichauf mit Benji und knapp hinter Milo. Wenn man die lokale Rangliste aufruft, ist ganz vorne Samy mit 152 000 Punkten und Olli knapp hinter Seppi und Nacho auf Platz 23! Am Ende der Liste finden sich Murphy mit 327, Mirakel mit 322 und Chatvatar mit 14 Punkten. Fantastisch, was uns die Technik an Wissenszuwachs bringt.

Im Tagesdurchschnitt hat Olli laut Tracker 2 Stunden und 34 Minuten Bewegung. Die Butlerin kann, wenn sie will, und das tut sie manchmal heimlich, die Spuren von „Olli is live“ verfolgen. Hochkugelweg, zickzack in den Wald, aber dann wieder retour, bis sich die langen Linien zu dicken Kreisen vermischen. Leider auch über die benachbarte Baustelle, aber nicht mehr in den gefährlichen Hof mit Boxer (dazu später mehr). Fast beim Weiher, aber glücklicherweise nicht mehr über die Moosstraße. Die sich ergebenden Muster müssen etwas bedeuten, keine Frage. Olli weiß es, aber gibt es nicht preis.
Eigentlich ist der Tracker eine Endlosschleife mit Sollbruchstelle. Endlosschleife, weil die Butlerin schon Nr. 5 oder Nr. 6 des Trackers in Ge-

„Blatt links, Sonne rechts, so geht´s heim.“

brauch hat. Die Sollbruchstelle funktioniert also. Und mehr als einmal fand sich der Tracker unter einem eisernen Gartenzaun oder in einer verwilderten Wiese wieder. Es sollte ja ganz leicht sein, falls Olli einmal ohne Tracker heimkehrt, das Halsband wieder zu finden. Einfach zum Standort des letzten Signals gehen und den Tracker aufklauben. Etliche Male hat das gut geklappt, vor allem wenn der Tracker ganz oben lag - er hat eine ziemlich neutrale steingrau-dunkelgraue Tarnfarbe. Man kann ihn auch zum Leuchten oder Piepsen bringen, allerdings nur, wenn das GPS-Signal kurz vorher noch auf Empfang war. Wenn es schon längere Zeit keine Verbindung gab - auch das kommt vor - dann sucht man einfach im Umkreis der zuletzt angezeigten Koordinate.

47°46'59.7"N 13°01'59.1" E. Das ist „die letzte gemeldete Position mit einer Genauigkeit von zwei Metern", schreibt Karolin vom Tracker-Pfotendienst, nein Kundendienst. Eigentlich nicht zu verfehlen. Wären da nicht diverse Komposthaufen oder Gartenzäune im Weg. Da sieht man es wieder: Eigentum ist eine Erfindung der Zweibeiner, über die sich Kater Olli & Co leichtpfotig hinwegsetzen.

Der regelmäßige Trackerverlust hat auch seine kommunikativen Seiten. So lernt man neue Nachbarn kennen, die auf das Klingeln und die techno-wirre Geschichte der suchenden Butlerin mit unterschiedlicher Begeisterung reagieren. „Ich hatte immer nur Hunde, bei uns kann der Kater nicht sein, ich habe die Terrasse komplett mit Anti-Katzen-Spray eingesprüht", sagt die gepflegte Dame in der Didistonestraße, die sich in Armlänge der genannten Koordinaten befinden muss. „Sie können ruhig hinter unsere Garage gehen", entgegnet dafür der freundliche Hundenachbar auf der anderen Seite der Parzelle - und lacht ein bisschen ungläubig. Der Gang hinter die Garage bringt nur den Blick auf einen Komposthaufen und eine Reihe gemütlich verwilderter Hintergärten. Der Tracker ist noch „online", sollte also sogar leuchten und blinken. Aber es ist nichts zu hören, nichts zu sehen.

„Er hat ihn vergraben", meint die Münchner Tierfreundin, die Ollis Freiheitsdrang versteht. „Er hat ihn vergraben und macht daraus zusammen mit den anderen Trackern, die er auch schon vergraben hat, ein Monument", sagt die beste Katzenfreundin ever. „Er hat ihn vergraben und bald wird man das Monument aus dem All sehen können", meint der Chef der Pudeldame Okki, um dann von den vergrabenen Lekkerlis seines schlauen Pudels zu berichten (findet Okki diese immer wieder? Andere Frage.) „Er hat ihn vergraben und lacht sich schief über Deine unermüdlichen Tracker-Nachbestellungen. Was er sich wohl denkt, wenn Du immer mit neuen Modellen und Halsbändern anrückst, wo er doch sein Revier und Dich so gut im Griff hat", analysiert die künstlerisch mehrfach begabte, aber was Tierspychologe betrifft doch sehr ahnungslose Hundefreundin. Die Teilzeitchefin von Rudy, der hin und wieder sogar ausgestopfte Tiere erbeutet, kann von Ollis Intelligenz nur geblendet sein.

Nur nicht aufgeben. In regelmäßigen Abständen wandert die Butlerin die Gegend mit Adleraugen ab, verflixt, wo liegt nur das Trackerchen. Nicht immer glückt es, die verlorene „Fessel" mit Techno-Ausstattung wieder zu finden, Dschungel ist Dschungel, auch wenn es noch Stadt ist. Dann hilft die Herstellerfirma schnellstens aus. Die Butlerin hat selbstverständlich ein Tracker-Abo gelöst, damit im Fall des Falles schon am nächsten Tag der Ersatztracker in der Post liegt. Ob es dann noch das Upgrade auf die Superior-Version sein wird, steht noch nicht fest. Immerhin könnte man dann sogar die Geschwindigkeit des Vierbeiners live ablesen, während er durch Wald und Flur streift.
Es ist eine unendliche Trackerkette, der sich Olli beugen muss. Da ist die Butlerin unnachgiebig, die Sicherheit treibt an. Könnte sein, dass sich Olli freut wie ein Schneekönig, wenn er es mal wieder geschafft hat, ohne Tracker heimzukehren. Freiheit statt Überwachungsmodus, wer will das nicht.

Ollis Trackerspuren führen ins Universum.

WHAT GOES UP

Es war der Tag vor der lang ersehnten Kurzreise nach Mailand. Ein paar Tage dolce vita in der Modemetropole, die auch für ihre lukullischen Angebote und natürlich Kultur bekannt ist. Lange vor Corona war die Lombardei ein nahes, wundervolles Reiseziel, das alle Sinne betören konnte.

Der Schreibtisch bot das übliche Bild einer Chaos-Landschaft. Jede Menge Emails warteten noch auf Beantwortung, noch ein bisschen Büro-Arbeit und dann Kofferpacken für den Süden. Olli war brav on tour. Im Garten, im Wald. Ein herrlicher Spätsommertag, hin und wieder checkte Katerchen bei der Butlerin ein und holte sich ein kleines Belohnungs-Dreamy für die erfolgreiche Heimwärts-Navigation. Das Handy-Display zeigte seine üblichen Trackerspuren, zick-zack, Wald, Garten, Hochkugelweg, alles bestens. Ein Spot schien Olli besonders zu reizen, glaubte man dem Tracker, war er an oder in einem Haus unterwegs. Nur komisch, dass sich der Tracker schon eine geraume Weile nicht weiterbewegte. „Er wird doch dort nicht das Sofa okkupieren?“, fragte sich die Butlerin geistesabwesend und checkte weiter die Email-Flut.

Irgendwann am späten Nachmittag regte sich die untrügliche innere Stimme. „Da ist was faul. Da bewegt sich schon lange nichts. Schau endlich nach, was dort los ist!“. Dafür hat man ja den big brother, also Tracker: Navigation auf Spuren der Halsband-Träger, kein Schritt unbewacht. Liechtensteinstraße, Zwieselweg, Seitengasse, Hofeinfahrt, Gartenzaun. Alles abgeriegelt, ein hoher Holzzaun erlaubte gerade den Blick

in die Einfahrt und den Hof. Schock schwere Not: Mitten im Hof lag der blaue Tracker. Aber keine Spur von Olli. Oben im 1. Stock, hinter Glas, ein Boxer (Hund, nicht Mensch), der unruhig hin und her tapste. Dann eine Bewegung neben der Garage, hinter einem großen Blumentopf versteckt sich ein kleiner Kater, der winzige Olli. Keine Reaktion aufs Rufen der Butlerin, nur den Kopf hob er ein bisschen.
Ein Auto nähert sich und will in die Einfahrt. Der Junior-Chef des Anwesens kehrt heim. Er schaut argwöhnisch. Ob man den Kater hinten aus der Ecke holen dürfte? Natürlich. Im Galopp zu Olli, der zumindest am Leben war. Er ließ sich widerstandslos mitnehmen. Bloß der Heimtransport war ein Gewaltakt. Aufs Rad konnte die Butlerin den Hauskater ja kaum packen, der Radkorb war zwar groß, aber ungesichert - so ging es auf dem Arm der Butlerin im Galopp nach Hause. Wie schwer doch 6 Kilogramm plötzlich werden können! Vor allem wenn sie zappeln. Geschafft, das rettende Ufer war erreicht. Verfrühter Jubel. Daheim zeigte sich die wahre Katastrophe. Olli humpelt, rennt, blutet. Rennt auf drei Pfoten, miaut. Miau Au Au.
Springt noch in die Badewanne und führt sich auf wie ein dreibeiniger Wilder. Anruf bei den Vets. Ein Glück, Olli darf gleich vorgefahren werden. Die Beste alle Katzenfreundinnen ever rauscht in Formel-Eins-Verdächtiger-Zeit an und ab geht's zur Tierklinik.

„Vielleicht ein Bänderriss“, meint der Chef der Vet-Klinik und schnappt sich Olli zum Röntgen. „Ah eine Kralle hat er sich auch ausgerissen, aber das ist nicht schlimm“. Leichtes Aufatmen. Der Paukenschlag ließ nicht lange auf sich warten. Splitterbruch! Ulna-Fraktur, also Bruch des „Unterarms“ lautete die Diagnose. Schock!

Erstaunlicherweise hatte der kräftige, plüschige Olli „sehr zarte Knochen“, so der Doc. Der Knochen wurde mit einem Spicker fixiert, die zersplitterten Stückchen in Form gebracht, in der Hoffnung, Kater Olli möge seine lädierte Pfote so lang ruhig halten, bis die Heilung einsetzen würde. Dann könnte in einigen Wochen die Kallusbildung starten und so quasi ein neuer Knochen „entstehen". Einer, der sich auch wieder zum Springen und Landen eignen würde. Denn das war jetzt strikt verboten. Mailand war auch verboten oder zumindest verschoben, denn die Butlerin trat postwendend den 24-Stunden-Ollischmusedienst an.

Was blieb: ein großes Rätselraten um den Unfallhergang. „Vielleicht ein Auto, das ihn angefahren hat", meinte der Vet, „oder er ist von großer Höhe abgestürzt". Eine Befragung des netten Boxer-Herrchens an Ollis Unfallort ergab: nichts. „What goes up, must come down"; heißt es in einem Song, aber wie war es zu Ollis Downhill-Erlebnis gekommen? Keiner hatte etwas gesehen oder gehört, auch nicht die Oma des Hauses, die nachmittags weggefahren war. Das Geheimnis seines Unfalls behielt Olli für sich, eine Kamera ist am Tracker bis heute (noch) nicht montiert. Doch ohne Tracker hätte die Butlerin Olli vermutlich nie gefunden.

„Besorgen Sie sich eine Hundebox oder einen Laufstall für Olli, er darf auf keinen Fall auf die Pfote springen. Wenn er die Pfote belastet, war alles vergeblich. Im schlimmsten Fall droht die Amputation", lautete die Warnung aus der Tierklinik und die Butlerin hatte einen Schweißausbruch. Das saß. Olli wurde unter Quarantäne gestellt und durfte nur unter Aufsicht umherstaksen. Der „Gips", der keiner war, sondern zwei Holzspatel, verbunden mit Klebeband und Gaze - hatte die Tücke, etwas länger zu sein als die andere Pfote. Blöd für Olli, was seinen eleganten Gang betraf, doch gut für seine Heilung. Immer wieder probierte er Geh- und Sprungelemente, doch der Frust setzte sich durch. Irgendwann kapitulierte der „Gips-Olli" und zog sich schmollend in den großen Lieblingssessel der Butlerin zurück. Dort lebte er in halbes Jahr, was eine Freundin der Butlerin mutmaßen ließ, Olli werde nicht am Hax'n, sondern an Katzendepression sterben.

Wie sehr Ollis Vorderbein mit Muskelschwund einem „Hühnerbeinchen" glich, zeigte sich, als nach zwei Monaten der Spicker entfernt wurde.

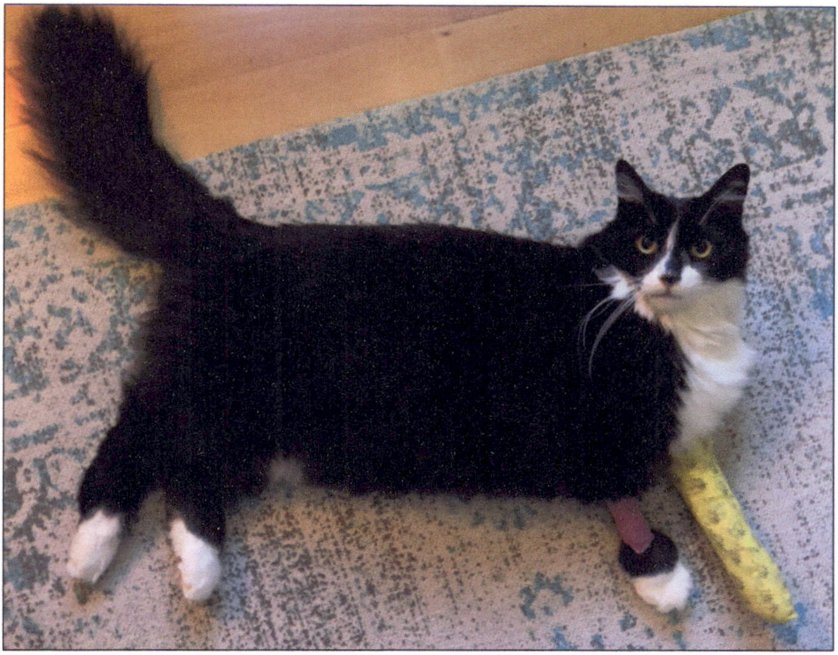

Das braucht kein Kater: „Zwei Pfotenverbände."

Vorher hatte Olli die Butlerin regelmäßig mit dem Spiel „shake your paw" überrascht und den Stützverband einfach abgestreift. Das Staunen war groß, als der „Mini-Gips" regelmäßig auf der Terrasse, in der Küche oder auf der Couch lag, Kater Olli aber ein Stück weit entfernt ruhte. Vielleicht hatten Olli auch die vorzugsweise pinken elastischen Klebestreifen nicht gefallen, wer weiß. Beim Tierarzt wusste man schon Bescheid: Ach der Olli, hat er wieder mal den Verband abgestreift? Fast wöchentlich ein neuer Einwickel-Versuch, das nervt.

Was für eine Erleichterung, als der Veterinär befand: „Jetzt probieren wir es ohne Verband. Der Spalt ist fast weg. Olli kriegt seine Freiheit wieder". Logisch dass der Hühnerbein-Kater diesen Auftrag postwendend in die Tat umsetzte. Leicht humpelnd zunächst, schließlich war das

jetzt Gewohnheit, doch in wenigen Wochen war alles vergessen. „Machen Sie ruhig ein bisschen Physio mit Olli. An der Pfote leicht anziehen, die Pfote massieren. Oder auch ‚Schubkarren fahren", einfach an den Hinterbeinen hochnehmen, dann muss er vorne beide Pfoten belasten", schlagen die schlauen Tierärzte vor und grinsen ein bisschen. Ja, wirklich, alles probiert, das geht (aber nur einmal, keine 15 Wiederholungen möglich). Doch bald ist kein Humpeln mehr zu sehen, das Revier wird zurückerobert und aus dem Hühnerbein wird wieder eine Pfote in normaler Dimension. Fazit: Ein Katzen-Leben verbraucht, aber was macht das schon. ...
Unglaublicherweise genehmigte das kurzfristigst stornierte Mailänder Hotel der Butlerin einen Gutschein für einen anderen Termin. Dem zu Herzen gehenden Argument „mein Kater hat sich die Pfote gebrochen und braucht 24-h-Pflege" konnte sich nicht einmal der lombarische Kaufmannsgeist entziehen. Mille grazie!

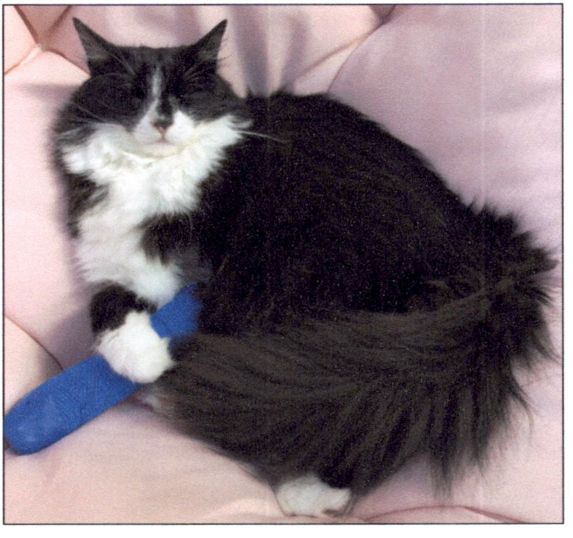

Auf den Pfotenverband folgt des Katers Reha.

KNOCHENBRUCH BEI KATZEN: KOMMT DAS HÄUFIG VOR?

KERSTIN PABST: *Die meisten Knochenbrüche bei Katzen sind indirekt durch den Menschen verursacht. Ganz weit vorne natürlich sind Autounfälle bei Freigängerkatzen. Dicht gefolgt von anderen Stürzen beziehungsweise Verletzungen (Baustellen, Einklemmen, Abstürzen, Hetzjagden, Bissverletzungen) Selten bricht sich eine Katze im gewohnten, sicheren Zuhause ihre Knochen. Aber auch das kommt vor.*

WAS TUN NACH EINEM UNFALL UND MIT EINER VERLETZTEN KATZE?

KERSTIN PABST: *Falls Ihre Katze einen Unfall hatte oder verletzt nach Hause kommt, sollten Sie das Tier erst einmal beruhigen. Nehmen Sie sich Zeit, Ihr Tier kurz aber gründlich durchzuchecken und Erste-Hilfe zu leisten. Anschließend nehmen Sie zügig Kontakt zum nächsten Tierarzt auf. Neben Knochenbrüchen, inneren Verletzungen, Zahn- und Kieferverletzungen sowie Lungenquetschungen und Zwerchfellrupturen können noch viele weitere Verletzungen auftreten, die Sie als Tierhalter selbst nicht diagnostizieren können, die jedoch einer zeitnahen Behandlung bedürfen.*

VERSCHWUNDEN

Immer liest die Butlerin nahezu zwanghaft die „Katze-Vermisst"-Zettel, die an Bäumen oder Lichtmasten hängen. Eine Mischung aus Beklemmung und Neugier zwingt zum genauen Lesen jedes Verlust-Zettels. Warum wohl Schurli, Mogli und Blacky plötzlich weg waren? Wie es nur passieren kann, dass eine geliebte, versorgte Katze „abhaut"? Ein Unfall? Ein Lieferwagen, der offen steht und genau in diesem Moment die Verlockung für Samtpfoten bedeutet? Oder war das Fressen doch zu lieblos im Napf gelandet? Das Bett oder die Couch nicht weich genug? Oder werden Hauskatzen einfach hin und wieder vom Wilderer-Gen geplagt? Angeblich sind sie ja ein Abbild der Großkatzen, Tiger, Löwe & Co, nur kleiner.

Abenteuerlust muss ganz oben rangieren in der Liste der Ausbruchsgründe von Katzen. Warum sonst würde der gemütliche Hauskater in fremde Autos oder Lieferwagen steigen und eine Runde ans andere Ende der Stadt fahren? Liest man doch ständig!

Nur Olli, da war sich die Butlerin sicher, war im Grunde seines Herzens ein gemütlicher Sofakater geblieben. Der Thron, die Couch, das Bett: der Dreiklang der Entspannung, so etwas kann man schließlich nicht leichtfertig aufgeben!

Eines schönen Sommertags dehnte Olli seine Vormittagsrunde ungewöhnlich lange aus. Kein Problem. Nach einer Weile Tracker-Check:

Nicht Hochkugelweg, wie immer, sondern auf der andere Seite des Hauses hielt er sich auf, in einem großen Garten. Kein Grund zur Sorge. Eine Stunde verstrich, kein Olli in Sicht. Erste Zweifel plagten die Butlerin. „Wenn er doch wieder in der Falle sitzt oder irgendwo heruntergefallen ist?“, meldete sich diese komische innere Stimme, die manchmal ins Schwarze trifft und manchmal nur Gespenster sieht.

Der Tracker steht schon länger still. Nochmal checken. „Das GPS-Signal wird gesucht.“ Warum denn das? Hellster Sonnenschein und Olli wird ja wohl kaum in einer Garage festsitzen, wo es keinen GPS-Empfang gibt? Hektisches Nachlesen bei der Online-Tracker-Anleitung. Was heißt das genau: Kein Empfang? Warum? Wo ist der Satellit? Es gibt doch mehrere Peilungen?

Erster Rundgang der Butlerin in Ollis Revier. Die Nachbarin, aus deren Garten das letzte Signal stammen dürfte, sagt: „Nein, einen Kater habe ich nicht gesehen“. Seufz. Im eigenen Garten auch keine Spur vom Streuner. Inzwischen ist es Mittag, früher Nachmittag - noch immer tut sich nichts. Auf einmal, Bewegung auf dem Handy-Tracker. Eine Mini Spur, die sofort wieder abreißt. Hochkugelweg! „Geh sofort dorthin, solange Du ein Signal hast“, rät der Hundefreund und Ober-Navigator. Die Butlerin radelt zum Hochkugelweg, braucht dafür doppelt so lange wie der Kater im Normalfall (weil er nur durch 1 Zaun schlüpfen muss). Die schwerhörige Oma des Hauses wird von der Terrasse herunter geklingelt und gewunken, und nach aufgeregter Schilderung der Sachlage erklärt sich die Dame bereit, die Butlerin durch den Garten zu führen. Sogar ein Blick in die Garage und das offene Carport unter dem Haus ist erlaubt, dort sollte, könnte Olli laut GPS eigentlich sitzen. Nichts, kein Kater, keine Maus, Fehlalarm.“Mein Kater Olli sitzt bei Euch irgendwo fest, der Tracker sagt die Wahrheit“, beharrt die Butlerin auf der digitalen Spur und drängt die Oma zu einer zweiten Garten-Runde. Kein Ergebnis, der Tracker meldet: Kein GPS Signal.

Also Rückzug. So geht es nicht weiter, denkt die Butlerin, jetzt eine Spur nervöser und bastelt umgehend einen der ungeliebten und viel gelesenen „Katze vermisst"-Zettel. Bevor die beste Katzenfreundin ever beim Verteilen und Aufhängen der Zettel hilft, wird noch schnell die Vermisst-Botschaft auch in den Social-Media gepostet. „Wir müssen auch in den Straßengraben schauen, falls ihn ein Auto erwischt hat", sagt die Katzenexpertin. „Du hängst die Zettel auf, ich schau im Graben nach." Allein der Gedanke! Der Butlerin ist plötzlich eiskalt, und das bei 30 Grad im Schatten. Nein, das darf nicht sein! Lieber noch bei 10 Nachbarn im näheren und weiteren Umfeld läuten und fragen, ob sie einen neugierigen schwarz-weißen Katen gesehen und versehentlich vielleicht eingesperrt haben. Verdutzte Gesichter, leicht irritiert ob der Störung und konfusen Geschichte. Nicht nur einmal hört die Butlerin auf ihre Frage selbst Geschichten von verlorenen, verschwundenen Katzen aus der Nachbarschaft. Keine kam zurück, kein Happy-End auf vier Pfoten. Das macht Mut.

Inzwischen ist es früher Abend, keine Spur von Olli. Nochmals eine Runde mit dem Rad durch die ganze Umgebung. „Olli, Olli, jetzt komm endlich!", ruft die Butlerin und denkt sich, „das Etikett verrückte Katzenlady passt jetzt endlich voll und ganz". Erschöpft und ohne Olli setzt sie sich abends auf die Couch. Ein paar Tränen zum Nachtisch und ein Glas Rot.

Was war Olli für ein süßer Kater. Eine Katastrophe, wenn der auch noch weg wäre.

Im Halbschlaf verfolgt die Butlerin einen Schmachtfetzen im Fernsehen. Augen auf Halbmast. Plötzlich, es ist schon 11 Uhr nachts, ein Schatten auf der Terrasse, direkt an der Terrassentür. Klein, fellig, weiß und schwarz. „Träume ich? Das ist ja besser als im Roman." Die Butlerin fällt fast vom Sofa. Draußen steht, bumm bumm, kratz kratz, der trockene, hungrige, ausgeschlafene und unverletzte Olli. Plötzlich ist es Weihnachten und Ostern mitten im Sommer. Er schlenzt sich mit der verhaltenen Grandezza eines selbstbewussten Gigolos ins Wohnzimmer.

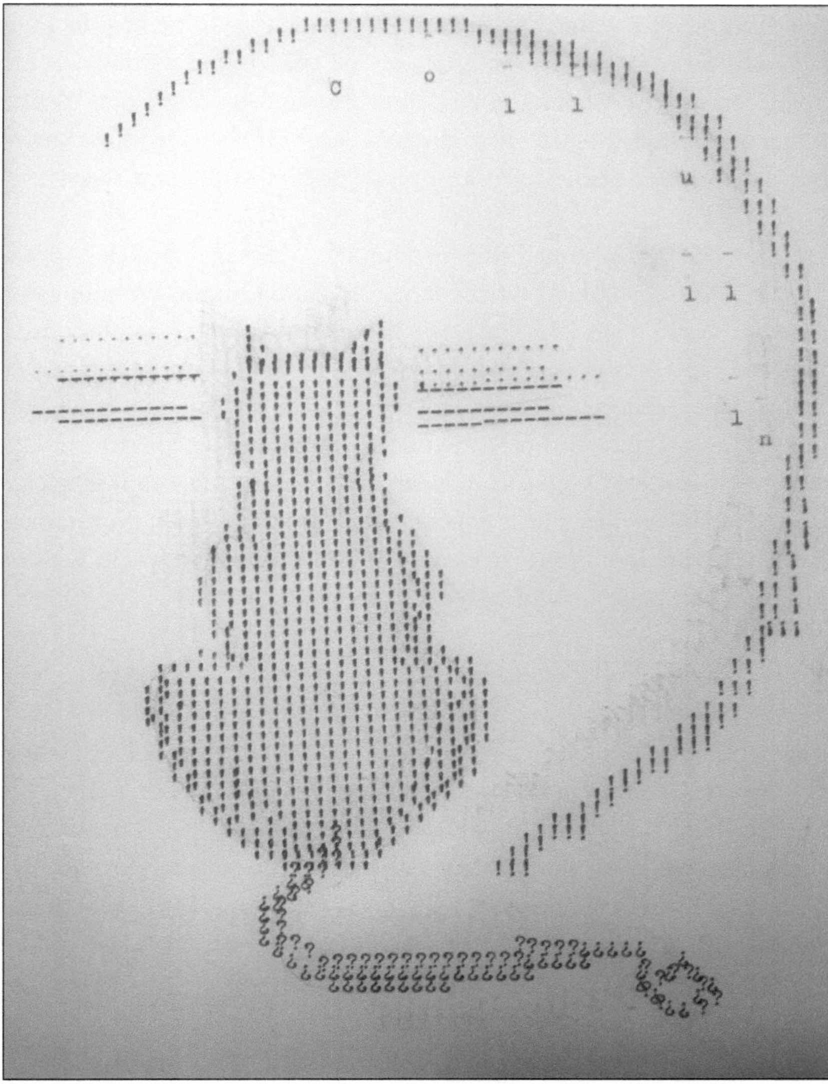

Wo ist Olli???

Kein Traum, alles wahr. Die Butlerin kneift sich und drückt Olli. Aufgeplustert rennt er herum. Will fressen und spielen und wieder raus ins Freie! Von wegen, Ausgang ist erst einmal gestrichen. Sogar der Tracker ist noch dran, unversehrt. Erst einmal allen Mitfiebernden und Mitsuchenden Bescheid gesagt und dann gepflegte Nachtruhe, mit Kater.

Am nächsten Tag kommt Licht ins Dunkel. Gleich am frühen Vormittag seines Verschwindens, noch vor 9 Uhr, hatte Olli die Wohnung der Vogelnachbarin inspiziert. Die Doktorin war in die Praxis gefahren und hatte die Terrassentür geschlossen - ohne Olli zu bemerken. So war der freche Kater gefangen und hatte einen Tag Wand and Wand mit der Butlerin verbracht, ohne Morsezeichen oder Trackersignale abzusetzen. Die Mauern sind solide und das Handynetz funktioniert indoor oft schlecht, daher auch keine oder nur fragmentarische Trackersspuren. Vermutlich tigerte Olli durch die ganze Wohnung, und immer wenn er am Fenster oder der Terrassentür stand, gab es ein kleines Signal.

Als die Vogelnachbarin abends heimkam, hielt sich Olli versteckt. Oder er schlief. Die Doktorin nahm gemütlich ein Bad und wollte den Abend genießen. Erst als ihr Sohn zu späterer Stunde auftauchte, fiel ihm etwas auf. „Ma, da ist ein fremder Kater in unserer Wohnung". Olli hatte auch schon 1 Blumentopf vom Fensterbrett abserviert und den Teppich neu zusammegelegt, doch das war zunächst gar nicht aufgefallen. Jetzt fiel es der Vogelnachbarin ein. „Ich habe doch heute eine SMS bekommen, dass Kater Olli verschwunden ist. Das ist er!". So gestaltete sich Ollis Rückweg dieses Mal sehr kurz und ausgeschlafen war der Streuner auch.

Tja, warum in die Ferne schweifen, wenn das Abenteuer liegt so nah.

DIE INNERE UHR

Wer einen Kater wie Olli hat, braucht keinen anderen Alarm. Der Olli-Wecker steht auf Morgengrauen, im Frühling auf 5:30. Im Hochsommer geht es früher los. Richtig früh. Zur Zeit der Sommersonnenwende ist Tagwache dann, wenn andere erst ins Bett finden. „Das hängt mit den Vögeln zusammen", erklärt die beste Katzenfreundin ever. Da die Amsel etwa 45 Minuten vor Sonnenaufgang mit dem Morgenkonzert loslegt, kann auch Olli nicht länger warten. Pünktlich erledigt er seine Morgenroutine inklusive Frühstück und plustert sich dann schön auf. Die Kreise ums Kopfkissen der Butlerin werden enger. Hektische Pfotenzeichen. Sogar ein bisschen Kralle, aber sanft. Sonst niemals, doch jetzt ist ein Notfall.

Plötzlich fühlt der Kater sich um ein Drittel voluminöser an. „Schön aufgepolstert", würde die Kosmetik-Lady sagen, sofern sich die Butlerin so verwandeln könnte. Selten einen Zustand gespürt und gesehen, der das Wort „Abenteuerlust" mehr verdient.

Natürlich gibt es einen fixen Tagesablauf. Das tägliche Ritual aller Katzendinge wird strikter eingehalten als es ein preußischer Beamter mit seiner Agenda könnte. Nach dem frühen Morgengruß an die schlafenden Bewohner des Rundkugelwegs folgt allerdings nur ein kurzer Rundgang durchs Revier. Danach muss Olli ruhen. Den Vormittag gepflegt verpennen, das ist ein Supertalent, um das ihn die Butlerin heimlich beneidet.

Mittags wieder ein kleiner Gang in die Wildnis. Je nach Temperatur und Laune wird er ausgedehnt auf eine richtige Erkundungstour, so dass der

Tracker verlautbart: „Olli left virtual fence - Zuhause“. Solange er den virtuellen Zaun und das Zuhause wieder betritt, ist das kein Grund zur Sorge. Das Nachmittagsritual muss eine Decke enthalten. Egal ob Bett oder Couch - Hauptsache unter der Decke so einkringeln, dass sämtliche Katzensittter der Welt am Suchspiel verzweifeln würden. „Wo ist Olli?“ - das weiß nur die Butlerin, aber auch nicht immer.

Fantastisch ausgeschlafen, naht der Höhepunkt des Katzentages. Die Dämmerung. Jetzt lockt der Wald mehr als je zuvor. Zick-Zack bis zum Umfallen, so meldet es der Tracker. Die Ernsthaftigkeit dieser abendlichen Erkundungsgänge ist daran zu erkennen, dass Wetter dieses Mal keine Rolle spielt. Die Abendrunden werden immer länger, die Tagesruhezeit auch. Fehlendes Licht? Kein Problem. Selbst Kater Olli mit seinem leichten Silberblick hat das Talent, im Zwielicht viel mehr zu erkennen als es die brillentragende Butlerin je könnte.

Pfotenputzen dagegen gehört absolut NICHT zu Ollis fixen Ritualen. Das passiert eher nach dem Prinzip Zufall. Kann auch gerne um einen Tag verschoben werden.

WIE LANGE SCHLAFEN KATZEN TÄGLICH?

> **KERSTIN PABST:** *Katzen verbringen etwa ein Drittel beziehungsweise die Hälfte ihres Tages mit Schlafen oder Ruhen. Dies ist natürlich vom Alter und vom Aktivitätslevel, der Auslastung und Beschäftigung der Katze abhängig.*

WAS IST DAS TOLLE AN KATZENAUGEN?

KERSTIN PABST: *Die Pupillen von Katzen können im Vergleich zum menschlichen Auge extrem variieren. Von fast geschlossen, schlitzförmig kaum mehr zu erkennen bis weit geöffnet. Durch die maximale Öffnung der Pupillen kann vor allem in der Dunkelheit mehr Licht auf die Netzhaut treffen. Die Katzen-Netzhaut ist mit deutlich mehr lichtempfindlichen Stäbchen (daher das gute Dämmerungssehen) versehen als das menschliche Auge.*
Die reflektierenden Katzenaugen in der Dämmerung entstehen daher, dass das einfallende Licht durch eine zusätzliche, reflektierende Pigmentschicht verstärkt und zurückgeworfen wird.

HABEN KATZEN EIN ZEITGEFÜHL?

KERSTIN PABST: *Diese Frage lässt sich schwierig beantworten. Aber aus der Erfahrung heraus zeigt sich, dass Katzen schon eine Art Zeitgefühl in sich haben. Viele Freigängerkatzen kommen täglich zur selben Uhrzeit zur Fütterung nach Hause oder wecken ihre Besitzer jeden Morgen zur selben Uhrzeit. Sicherlich spielen sich im Laufe eines stabilen Katzenlebens und -umfeldes gewisse Rituale oder Verhaltensweisen ein.*

OLLI: „ICH HÖRE DIE KUCKUCKSUHR,
UND DAS JEDEN TAG. PÜNKTLICH!“

WOLKE DE LUXE

Wie, der Kater verliert Haare? Merkt man doch kaum. Eigentlich gar nicht mehr, wenn man sein Leben seit über 20 Jahren mit Katzen teilt. Gut, ein Langhaariger trägt seinen Teil zur kuscheligen Haushaltsausstattung bei. Überall sind feine Härchen, die sich in Teppiche, Decken, Kleider und alle Gewebe einnisten, als wollten sie die Struktur verdoppeln. Schlecht nur für Freunde der Butlerin mit Katzenallergie. Denn auf wen die Wahl fällt, ist klar.
Eine Schattenseite des Lebens mit Katzen? Vielleicht. Aber nur sie garantiert den Genuss, hin und wieder eine Wolke auf vier Beinen zu streicheln.
So eine phantastische Dämmung gegen Kälte muss man erst einmal erfinden! Katzen verlieren Wärme nur im Gesichtsbereich, alles andere: Polarreif.

In letzter Zeit hat die Butlerin aufgerüstet, was die Fellpflege betrifft. Das hat mit den kleinen Biestern zu tun, die sich Olli als „Fahrgestell" aussuchen. Zecken und Schnecken und Co. Der schon vorhandene Ferminator, ein dicht gezinkter Katzenkamm, der mehr einem Luxus-Folterinstrument gleicht und das dichte Unterfell durchforsten soll, steht ganz unten auf Ollis Genussskala. Also bleibt er meist im Körbchen. Nun gibt es einen brandneuen, ergonomisch designten Hair-Detangler, vom Hersteller laut eigenen Angaben auf vielfachen Wunsch von Tierbesitzer ins Sortiment aufgenommen. Vermutlich haben die Zweibeiner ihren eigenen Detangler immer für die Fellfreunde verwendet - einen Gedanken, den die Butlerin auch mehr als einmal hatte. Stanzi, die kleine kurzhaarige Schwester von Olli war viel zu empfindlich für jegliche Art des Bürstens, nur Handstreicheln war genehm. Im Fall von Olli klappt es bei guter Laune mit der Detangler-Hundegröße S, die ganz gut passt. Es kommt zwar zu leichten elektrostatischen Ladungen, aber das Wohlbehagen des Vierbeiners überwiegt. Und mit den ausgekämmten Haaren tauchen auch manche Mitbringsel aus dem Wald wieder auf.

Nicht dass sich Olli überall gleich anfühlen würde. Manche Stellen kennt die Butlerin streicheltechnisch kaum, da fährt Monsieur Olli doch schneller die Kralle aus, als ihr lieb ist. Andere Stellen garantieren größtes Schnurrvergnügen, bekanntermaßen am Kinn und im Nacken.

Olli ist kein Show-Schnurrer, aber wenn er auf etwas abfährt, kann er das schon deutlich machen. So ein schönes „Geräusch“; das lässt sich einfach mit gar nichts auf der Welt vergleichen.

SCHNURREN ALLE KATZEN?

KERSTIN PABST: *Über die Physiologie des Schnurrens der Katze gibt es verschiedene Hypothesen. Am ehesten erklärt sich das Schnurren der Katze über Vibrationen der Stimmbänder in Kombination mit der Kehlkopfmuskulatur. Die meisten Katzen schnurren bei Wohlbefinden. Jedoch auch in Stresssituationen wie bei Tierarztbesuchen oder Autofahrten oder gegenüber Besuchern äußern viele Samtpfoten ihre Nervosität durch Schnurren. Es wird vermutet, sie würden sich dadurch selbst durch die Ausschüttung von Endorphinen beruhigen.*

KERSTIN PABST: *Regelmäßiges, gründliches Bürsten zum Befreien der Katze von lockeren Haaren und loser Unterwolle sollte einmal wöchentlich auch bei kurzhaarigen Rassen durchgeführt werden. Ebenso wäre es ratsam, regelmäßig die Ohreninnenseiten auf Beläge, unangenehme Gerüche oder Entzündungen zu kontrollieren. Das kann der Besitzer/die Besitzerin gut selbst machen - etwa beim Kuscheln mit der Katze. Auch die Länge der Katzenkrallen wird oftmals übersehen. Die Krallen sollten nie so lang sein, dass die Tiere diese nicht mehr ausreichend einziehen können und mit ihren zu langen Krallen an Teppichen und Co. hängen bleiben. Ganz schlimm wird es, wenn die Krallen gar unten in den Zehenballen einwachsen.*

Olli hat die Haare schön. Immer!

KLEINE BIESTER

Ollis bemerkenswerte Fellpracht gefällt nicht nur der Butlerin, sondern auch ganz kleinen Waldbewohnern. Zecken. Eindeutig das Negativste am Waldkater-Dasein. Die Liga der Zeckenfreunde muss erst noch gegründet werden, wobei die Biologen ja in dieser Hinsicht einen sicher beruflich begründbaren Knall haben und von Spinnen bis Läusen alles „faszinierend“ finden, warum also nicht auch die Zecken. Der Butlerin bereiten sie fast schlaflose Nächte, denn an welchen Stellen sie Olli schon von diesen kleinen Holzböcken befreit hat, ist schon gruselig. Vom Schnurrhaar-Bereich bis zum Schwanz-Ansatz, alle kitzligen Stellen sind hin und wieder Ziel der Zecken. Und was, wenn man einmal eine Zecke NICHT vor der Nachtruhe findet? Die sind bestimmt nicht wählerisch, was den „Wirt“ betrifft.

Es gibt Tage, da bringt Olli die Butlerin deswegen an die Contenance-Grenze. Nur wegen seiner „Mitbringsel“. Er kommt mit Grandezza heim, knallt sich sofort zum Kuscheln auf den Schoß, und beim ersten Streicheln sind gleich einige kleine Knubbel im Fell zu spüren. Der vorläufige Rekord liegt bei 8 Zecken, die er bei einem Rundgang aufgesammelt hatte und anschließend mit Hilfe der Butlerin wieder hergab. Kein Wunder, dass man nach dieser Aktion „das große Kribbeln“ selbst überall am Körper spürt.
Inzwischen wird Olli jedes Mal genau durchforstet, wenn er von seinen Waldzeiten heimkehrt.
Und der Abwehrzauber? Schwarzkümmelöl? Mag er nicht. Weder äußerlich und schon gar nicht innerlich. Bleibt nur die Chemie-Keule. Doc

Kerstin und ihre Truppe haben einiges in ihrem Giftschrank, was die Butlerin mit Fingerspitzengefühl und Nachdruck in den gescheitelten Olli einmassiert. Hilft tatsächlich, ist natürlich nur eine Notlösung, aber die beste.

Sogar die Zeckenzange gehört zum „Normalbesteck“, das man mit etwas Fingerfertigkeit ganz gut handhaben kann. Sitzt das Spinnentier nicht gerade an einer „kitzligen“ Stelle, lässt sich Olli ganz gern behandeln. Wie gut, dass er einen weißen Latz mit sich herumträgt, dort erkennt man alles Kleingetier sofort. Natürlich haben Zecken auch ihre geheime Taktik und drücken sich an besonders weiche, dunkle Stellen am Hals, hinter den Ohren oder an den Flanken ins Fell von Olli und klettern tiefer. „Wie kriegst Du das raus? Bei meiner Katze Susi war das immer ein Kampf“, sagt die beste Katzenfreundin ever. „Das klappt ganz gut. Olli versteht, wenn es mir ernst ist und er versteht, dass es ihm nachher besser geht“, lautet die Erklärung der Butlerin. Die beste Katzenfreundin ever hat einen Lachanfall. „Genau, er versteht das“, sagt sie und denkt an ihre Einstufung von Olli in die Förderklasse der imaginären Katzenschule.

Zeckenzange, Fellspezialbürste, akribische Absuchaktionen, die Olli als extra Zuwendung der Butlerin huldvoll annimmt. Aber der Albtraum bleibt, dass sich die unsichtbaren Viecher unbemerkt über Couch und Bett verteilen und auf die Butlerin überspringen. Definitiv eine Schattenseite des verwilderten Katerlebens, von solchen Problemen versteht ein Sofakater nichts.

Manche dieser Monster sind so klein, dass man sich beim Gruseln vor ihnen wenigstens sagen kann, „zu winzig für diese Welt“. Doch die Mehrheit ist schon stattlich, von der einen Zecke, die an Olli schon ganze Arbeit geleistet hatte und deutlich mehr als Stecknadelkopf-Größe erreicht hatte, ganz zu schweigen. Oder die doppelte Zecke, die sich an einer Stelle in das kleine Katerwirtstier gebohrt hatte. Was man mit den erbeuteten Zecken machen soll, ist die andere Frage, denn einige davon leben eindeutig noch.

„Die kleinsten Tierchen werden uns besiegen, eines Tages. Viren, Zecken, Feuerwanzen“, zählt die beste Katzenfreundin ever die „bösen Drei“ des Jahres 2020 auf. Stimmt vielleicht, denkt sich die Butlerin, aber solange es nur Erde ist, was Olli heimbringt, und es sich nicht bewegt, lege ich mich drauf.

Die Krone setzt Olli seiner Jagd-Sammlung eines Abends auf, als er sich schön auf dem Sofa räkelt. Die Butlerin nützt die Gunst der Stunde und streichelt ihn ein bisschen am Bauch. Sonst verboten. Ein weicher Knoten verheißt nichts Gutes. Kein Tumor, bloß eine eingewickelte dicke Nacktschnecke. Ein Zeck, ein Schneck, das sind einfach die Gaben des Waldes.

CAT TALK

Olli war immer schon der große Schweiger. Er betritt den Raum nicht, er erscheint. Wozu da etwas miauen? Unnötig. Er überließ alle Kommunikationsversuche dieser Art seiner kleinen Schwester.

Stanzi erzählte und schnatterte den lieben langen Tag vor sich hin und natürlich konnte die Butlerin alles verstehen. „Schau her, was ich kann". „Nein, nicht faul rumsitzen: jetzt bitte spielen." „Ah da bist du endlich". „Nein NICHT zum Tierarzt". „Gut, endlich mit dem Telefonieren aufgehört. Hier bin ich. ICH!" Alles eindeutig zu erkennen. Die Katzengeschichten von Stanzi variierten eindeutig in ihrer Dringlichkeit und ihrer Modulation. Ziemlich kräftige Miau-Gesänge von so einem kleinen Wesen, und immer von Erfolg gekrönt. Da kann man als Katzenversteherin einfach nicht weghören und wegsehen, im Gegenteil, man versucht nach Kräften, die kätzische Erzählung zu verstehen. Unvergesslich!
Olli dagegen schwieg und schaute. Manchmal, ganz selten, gab er eine Art Piepston von sich, mehr wie ein Zwitschern. Seit Olli sich seinem Wald-Ich angenähert hat, miaut er. Aber nur, wenn die Terrassentür zu ist und er unbedingt raus muss. Oder wenn es um dringende Streicheleinheiten geht.

Sonst bleibt er im würdigen Schweigemodus, ein bisschen unterbrochen durch Schnurrlaute, wenn das Leben ganz besonders gut zu ihm ist.
Eine Ausnahme gab es von Anfang an im Schweigekosmos von Olli, und das war und ist die Fahrt zum Tierarzt. Highway to hell, auch wenn die kurze Reise durch lauschige Wälder führt. Dass Olli und früher ganz

besonders Stanzi so lange und laut „singen“ können, war jedes Mal eine besondere Prüfung. Das Motto der Fahrt war: „Bloß nicht die Luft anhalten“. Die Butlerin wurde in Nullkommanichts selbst zur Psycho-Patientin. Hoffentlich ist es nichts Ernstes, hoffentlich erkennen es die Doktores sofort und hoffentlich beißt Olli nicht. Gut, dass er der Phlegmatiker-Klasse angehört. Was, wenn da eine Dogge ist, die an seinem Körbchen schnüffelt? Bringen Tierärzte das Beste oder das Schlimmste ans Tageslicht? Muss schon frustrierend sein, die „so lieben“ Vierbeiner oder sonstigen Haustierchen nur im Furcht- oder Aggressionsmodus zu kennen. Tierärzte sind - so die Erfahrung der Butlerin - ein bisschen eine Mischung aus Beichtvater/-mutter, Chirurgin, Psychologin und Verhaltensforscherin. Keine leichte Aufgabe, denn es geht ja nie nur ums Tierchen, sondern selbstverständlich vor allem die Begleitung. Wie gerne hätte die Butlerin manchmal den eigenen Finger angeboten, wenn aus dem Katzerl wieder mal kein Tröpfchen Blut herauskam. Aber dieses Tauschangebot (natürlich nur gedanklich geäußert) blieb graue Theorie.

DIE SEMMEL  UND ANDERE BESUCHER

Wann er kommt, ist ungewiss. Was er will, ist klar: Futter! Und Aufmerksamkeit. Vielleicht auch ein bisschen Zuwendung. Futter ist wichtiger, schnell! Pronto! Ein zierlicher, roter, fast weißblonder Kater, der herzerweichend miaut und schnurrt. Und das auf Ollis Terrasse! Gestreichelt wird der Rote, genannt „die Semmel“, von der Butlerin nicht. Gefüttert nur in Ausnahmefällen, und dann fast schon im Revierbereich der Vogelnachbarin. Schlechtes Gewissen. Hoffentlich schaut Olli nicht zu. Ein paar Mal hat Olli die Semmel schon quer über die Wiese gescheucht. Der andere rennt schon, während Olli erst in Gang kommt - aber eins ist klar: das ist Ollis Revier.

Dünn ist der Rote, er kratzt sich ständig. Flöhe? Zecken? Hat er keinen eigenen Butler? Man weiß es nicht, das Herz der Butlerin ist groß, aber die Liebe zu Olli noch größer, also muss eine Lösung her. „Wegschauen, nicht reinlassen“, rät die beste Katzenfreundin ever, die durch das Nicht-Wegschauen schon zu mehreren Hauskatzen kam.

Wieder und wieder blickt die Semmel mit aufgerissenem Mäulchen (Miao, nix zu hören, trotzdem eindeutig) ins Wohnzimmer. Er lacht der Butlerin direkt ins Herz, wie ein Sonnenstrahl nach drei Tagen Regen. Wer sich da gut wehren kann, ist ein harter Knochen. Oder erfahren in Katzendingen. Eigentlich muss man sich wegdrehen. Ein Herz aus Stein haben. Oder einen Haus(herrn)Kater im Wohnzimmer.

Das Kapitel mit der Semmel ist noch nicht zu Ende. Ebenso wenig wie das der anderen „Gastkatzen", die Ollis Revier beehren. Gerade erst tauchte eine Tigerkatze auf, klein, gesprächig, anhänglich. Olli schaute, als ob er mal wieder einen Geist beschwören müsste. Der Tiger wollte eindeutig spielen, lockte Olli auf die Terrasse der Vogelnachbarin, sprang dort auf einen Trog und versetzte Olli - der ihm auf den Pfoten folgte - einen Tatzenhieb. Dann spionierte er die Holzveranda aus, die unterste Ebene. Olli verfolgte den Tiger - aber bloß mit Blicken. Kein Fauchen, keine Pfote gegen den Eindringling, der eindeutig den Ton angibt. Ob Olli ein zu sanftmütiges Wesen für einen Outdoor-Kater hat?

Die „Semmel" miaut der Butlerin mitten ins Herz.

CAT-IN-A-FLAT: KATZENWELTEN

Nichts schlimmer, als wenn die Ferne ruft - die Katze aber zuhause bleiben muss. Wer schaut auf den Stubentiger? Wer kann das? Ollis Glücksfall heißt Theresia. Sie wohnt ums Eck und hat selbst zwei Katzen und ein Pferd. Mit Hingabe versucht sie, den Schmolli zu etwas Äktschn zu bewegen, denn wenn er schon während der Normalzeit mit Butlerin nur 3 Stunden am Tag herumtollt, bewegt er sich in Reisezeiten der Butlerin kaum noch. Am liebsten liegt er dann unter den diversen Decken, maximal noch auf dem Thron. Aber Theresia schafft es, Olli hin und wieder sogar zu kleinen Futterkunststücken zu überreden und ein bisschen streicheln lässt er sich auch.

Manchmal passen die Terminkalender aber nicht zusammen und so sucht die Butlerin nach einer Teilzeit-Ersatz-Catsitterin. „Cat in a flat" ist eine moderne Community, wo man sich als Katzenbesitzer vorstellen kann - und dann hoffentlich den besten Partner auf Zeit für die geliebten Katzen findet. Warum nicht auch mal als Katzensitter eintragen? Dachte sich die Butlerin, die wissen wollte, ob es so schwer sein kann, für ein paar Tage eine Samtpfote zu betreuen. Einfach mal die Seiten wechseln!

Um es vorweg zu nehmen: das Problem sind nicht die Katzen, sondern die Menschen. Scherz. Das wäre jetzt zu drastisch ausgedrückt, und außerdem hieße es für die Butlerin ja dasselbe... Kann ja gar nicht sein! Jedenfalls geht dem tatsächlichen Catsitting ein Vorstellungsgespräch voraus. Dort erklärt man, warum man Katzen liebt (einfach) und gut mit allen Katzen kann (jahrzehntelange Erfahrung, danke Olli, Stanzi, Löwi und Boogie). Dann geht es an die „Einweisung". Die täglichen Gewohnheiten. Füttern ist was Individuelles, das merkt die Butlerin - jetzt Profi-Butlerin auf Zeit - sofort. Ein Kater wird „gebarft", da darf das Wasser als Zutat nicht mehr kochen, das Futter auch nicht mehr tiefgekühlt sein, aber dafür muss sich der Kater vor dem Fresschen in Position setzen und darf nicht schlingen. Bei einem Katzenpärchen ist der Kater der Vielfraß, die Katze zu schüchtern - hier muss auf großen Abstand geachtet werden (der Futternäpfe natürlich). Ein junges Kätzchen erhält alles vorgekocht, die Dosen sind mit sogar mit den passenden Wochentagen beschriftet, sieht nach lekker Hühnchen mit Gemüse aus, würde die Butlerin vielleicht selbst.... Nein, das kriegt die Felldame des Hauses, eh klar.

Vor allem die Woche zwischen Weihnachten und Neujahr hat es in sich, da rödelt die Butlerin pausenlos zu den sechs Gastkatzen. Ohne fixen Stundenplan geht das nicht. Schließlich soll ja noch ein bisschen gespielt werden. Unglaublich, wie schnell sich das „Fremdeln" legt und in 99 Prozent der Fälle sogar ein bisschen Katzenfreude bis Begeisterung einstellt. Ein einem Fall klappt es nicht, glücklicherweise kommt die echte Katzenmami früher zurück - das wäre ein schlimmes Silvesterfest geworden.

Manche der Gastkatzen waren einfach zum Knuddeln, jeder ein Charakter für sich. O'Mally, die rote Schnurrmaschine und auch ein Freigänger sogar mit Katzenklappe, wartete schon ungeduldig hinter der Wohnungstür - woher er wohl wusste, wann die Butlerin kam? Den vermisst die Butlerin noch heute. Ebenso die dreifarbige Malou mit den lustigen Schlappöhrchen. Sie kam irgendwann nach einer Zeit des distanzierten Beobachtens zum Schmusen auf den Schoß, war noch anhänglicher als der frechere Max und spielte begeistert mit dem Laserpointer. Elfie wiederum ist einfach so zierlich und wunderschön, zartgrau mit magischen Augen, ein Elfchen wie aus dem Katzenbilderbuch. Dann die zwei reinrassigen jungen Main Coones, whoa, wie groß würden die erst als erwachsene Katzen sein? Einer der beiden konnte so schon mühelos mit den Vorderpfoten den Tisch erreichen. Und: phantastisch im „Reden“, die Coonies, immer etwas zu Gurren und Miauen! Last not least, Kiko, eine samtige Wolke zum Streicheln und zugleich ein freundliches Hüpfmonster mit blauen Augen.

Man muss sie einfach alle lieben, und darf das auf Zeit. Den kleinen Vorsichts-Graben, den man spürt, den können nur die „Besitzer“ zuschütten - mit Liebe und Vertrauen und Zeit. So weiß die Butlerin jetzt auch, dass es genau diese letzte Meile ist, die Olli immer für sie reserviert.

Eine Welt für sich: Cat in a flat.
Da bleibt keine Samtpfote allein.

FREMDSPRACHEN: HUNDEWELTEN

Es ist wie der Blick über den Gartenzaun in unbekanntes Terrain. Nein, eher wie der Blick über eine Landesgrenze mit Sprachhindernis.
Dort, im fremden Land bewegen sich auch Vierbeiner. Sie haben Fellchen, manche lockig und lang, andere kurz und glatt wie Pfirsichhaut. Aber hier ertönt kein Miao-Mioo und schon gar kein Schnurren. Kläff, kläff und knurr, was sind denn das für Töne?
Ein Königreich für einen Hundeversteher.

Nicht nur, dass Hunde aus Katzenperspektive eine Fremdsprache sprechen, sie verfügen auch über missverständliche non-verbale Signale. Zum Beispiel Schwanzwedeln. Das heißt auf kätzisch „ich halte Abstand". Mindestens einen Meter oder zwei. Überraschenderweise bedeutet es in der Hundewelt: Yeah, komm her, ich freue mich, ich will mehr von Dir. Seit Garfield und Odie spätestens wissen auch alle belesenen Zweibeiner, wer der King in da House ist. Nicht der - Entschuldigung, aber so ist es halt - ewig sabbernde, seltsam streng riechende, schnüffelnde Vierbeiner, der auch noch Spaß daran findet, sich seinem Herrchen komplett und freiwillig unterzuordnen. Unterzu- ordnen. Ein verflixt schwieriges Wort für Katzen.

Wenn die Butlerin manchmal glänzende Augen bekommt und nicht von der wildesten aller Waldpfoten schwärmt, hat sie doch glatt einen H-U-N-D vor Augen. Das muss man sich mal vorstellen, was für eine

Geschmacksverirrung und nur, weil sie sich dem Reiz des Fells nicht entziehen kann. Das geht nicht mit rechten Dingen zu, denn was soll an einem kleinen schwarzen Pudel toll sein, der vor jedem Mini-Lekkerli auf Ansage Sitz, Stubs und eine Drehung macht. Und das Ganze noch angeleint. Das geht in mein eigenwilliges und im direkten Vergleich zur Hundeversion ungleich größeres Katzengehirn einfach nicht rein. Wieso sich zum Clown machen, sich unterwerfen, wenn man einfach abwarten kann, bis die Lekkerlis auftauchen?

In Hundehirnen muss etwas faul sein, eine Region falsch geprägt. Springen kann der schwarze gelockte Pudel zwar, auf Bänke und Baumstämme oder Findlinge. Aber von der Eleganz üblicher Katzensprünge ist der Pudelhupf so weit entfernt wie ein moppeliges Nashornbaby vom König der Löwen. Die großen Sprünge macht der Pudelprinz auch nur, weil es dann wieder ein Lekkerli gibt. Er hat das Grundprinzip der Erziehung nicht verstanden. Wie man seinen Zweibeiner pädagogisch richtig erzieht, das lehrte Olli einst schon seine Frau Mama, die schöne Schwarz-Weiß-Katze vom Bauernhof bei Hallein. „Die Liebe zu Deinem Menschen darf niemals so weit gehen, dass auch nur der Verdacht der Gelehrigkeit entsteht", betonte Frau Mutter. Es heiße immer „me, myself and I", der eigene Schnurrbart komme an erster Stelle. Wann Showtime ist, bestimmt die Katze, nicht der Zweibeiner. Und wenn es nur um das lässige Entlangwackeln auf dem Laufsteg der Eitelkeiten ist, das selbstverständlich eine Katze besser und lautloser beherrscht als alle Hunde zusammen. Die können ja nicht mal eine Krallen einziehen, haha, Klackklack. So ziehen sie niemals auch nur in die unterste Samtpfotenliga ein.

Fährtensuche gilt als das Toptalent der Top-Dogs. Vor allem jener, die zum Jagdhund ausgebildet wurden. Davor heißt es, im Wald oder sonstwo ewig auf einer Stelle zu sitzen und keine Pfote zu rühren. Manche müssen sogar auf Mülltonnen ausharren, stand letztens in der Catyork Times. Bis das Herrchen endlich ruft oder pfeift, bleibt man wie versteinert hocken, erst dann darf der Softie-Hund mäandernd durchs Unterholz schnüffeln. Auf der Suche nach, ja was denn? Eine Beute zum Fressen ist es nicht, denn Hunde dürfen das Objekt der Begierde ja nur in gebührende Entfernung bewundern. Und auf keinen Fall selbst anknabbern oder zur Bevorratung vergraben. Wozu dann die perfekte Spürnase?

Natürlich hängen die Hundeschnüffler Katzen im Geruchsuniversum ab. Kein Wunder, bei dem Riechkolben. Ob der wiederum schön ist, kann man aus Katzensicht nur mit einem klaren Nein beantworten. Jedenfalls die dazugehörige Schnauze auf keinen Fall. Eindeutig würde das dreieckige Katzennäschen alle Schönheitskonkurrenzen dieses Planeten für sich gewinnen. Aber um Schönheit kann es bei Hunden sowieso nicht gehen, wenn man sich als gepflegter Kater von Welt die Farbmischungen der Hundefelle genauer betrachtet.
Pinto heißt der eine Anti-Mode-Vierbeiner, von dem die Butlerin sogar regelmäßig erzählt. Als ob das einen Waldkater beeindrucken würde. Pinto hat ein Fell, das könnte aus drei Second-Hand-Shops oder Flohmärkten (ein Wortspiel) stammen, weiß, hell- und dunkelbraun. Tupfen auch noch reichlich auf dem Fell verteilt, als wäre dem Schöpfer kurz vorher die Farbe ausgegangen. Damit der Buntheit nicht genug, Pinto besitzt zwei verschiedenfarbige Augen, eines hellblau, eines braun. Er sollte eine dunkle Sonnenbrille tragen, um diesen Makel zu verdecken, stattdessen trägt er die Zunge im Odie-Stil und lässt sie seitlich aus der Schnauze baumeln. Wozu Zahnlücken gut sind!
Der kann sonst nicht viel, jedenfalls aus Sicht eines Katers. Manchmal wirft er Radler um, gefressen hat er wohl noch keinen, das hätte sich in Katzenkreisen herumgesprochen. Denn Katzenjagen, das kann er schon. Fauch. Erwachsen wird der nie. Warum geht er sonst so regelmäßig in den Hunde-Kindergarten? Jedenfalls nicht zum Lernen.

„Ich wusste gar nicht, dass ich so schnell laufen kann."
Die Butlerin zu Pinto.

Einmal hat die Butlerin auf Pinto „aufgepasst“, oder auch umgekehrt. Pintos Frauchen war, wie fast immer, in einem großen weißen Vogel mit Propellerschnabel unterwegs. „Ich geh mit Pinto eine Runde Gassi, der sitzt ja sonst nur den ganzen Tag in Deinem Büro“, hatte die Butlerin zu Pintos Hausdame gemeint und war ins Grüne marschiert. Natürlich muss der Hund dann an die Leine, so etwas lassen sich Katzen nur im Notfall oder bei allgemeiner Verunsicherung gefallen. Pinto hatte es wohl eilig an dem Tag, denn aus Trab wurde schnell Galopp. Sein Frauchen konnte die „true ground speed“ des Duos aus luftiger Höhe erkennen, als sie gerade mit ihrem Donnervogel über die niederbayerische Prärie flog.

„Ich wusste gar nicht, dass Du so schnell laufen kannst“, sagte die Hundelady zur Butlerin. „Ich auch nicht“; erwiderte diese. Denn natürlich hatte sie den neuen persönlichen Streckenrekord in der Disziplin „freestyle am Flugplatz“ nur durch Pintos motivierende Zugkraft aufstellen können. Welche Freude, dass die butlerische Schulter nicht ausgekugelt, sondern noch intakt war. „Bloß die Leine nicht auslassen“, lautete das Mantra der Butlerin im Schlepptau. „Sonst düst Pinto aufs Rollfeld. Und das heißt: Gefahr und Gigantenärger“.

Hunde merken nicht viel, aber dass sie mit einem fremden Frauchen unterwegs sind, das schon. Da darf man dann auch einmal aufgeigen. Während Pinto den Turbo immer liebt, beschränkt sich die schwarze Pudeldame Okki zunächst auf Blicke. Ihr geht die Butlerin immer dann auf den Leim, wenn die Lekkerli-Quote von insgesamt 2 Sticks pro Stunde nicht zeitgerecht erfüllt wurde. Der sorgenvolle Blick aus der tiefergelegten Ebene und dazu alle vier Pfoten fest in den Boden gestemmt - das wirkt. Okki kann traurig, müde und melodramatisch zugleich schauen. Fehlt nur noch das kleine Transparent in ihrer Pfote, auf dem steht „ich MUSS schon wieder Gassi gehen“. In solchen Momenten hilft aus Sicht der Butlerin nur (pssst): Tragen.

Ein Stück weit wird Okki dann auf dem Arm durch die Gegend geschaukelt, was immer wieder für aufgeregte Kommentare der Passanten sorgt. „Ach der arme Hund, ist er krank?“, oder „der ist noch so jung, das sieht man gleich“, wahlweise auch „das ist schon ein alter Pudel, nicht wahr“. Mit einem Hund im Schlepptau bleibt man nicht lange allein, bunte Hundestories fliegen einem pausenlos zu. „Ich kannte auch mal einen Pudel, der wollte keine Treppen steigen. Er hat immer gewartet, bis er im Lift mit in die Wohnung fahren konnte“, erklärt eine Beobachterin des Pudels Kern. Hilft nichts, Okki, die Beinchen sind zum Laufen da, also wieder ab auf die Erde. Klar, dass der beste aller Simulanten mit lockigem Haar gleich nach dem Erreichen der Umkehrkurve, beim Erkennen des Heimwegs, selbst plötzlich Gas gibt und die Butlerin straff an die Leine nimmt. Fast meint man hier, den kleinen Pudel ein bisschen kichern zu hören.

Pudeldame Okki kann Turbo. Wenn sie will.

BYE-BYE

Was wäre wenn.... Olli einmal nicht wiederkehrt? Ein Gedanke, den die Butlerin heimlich immer mit sich herumträgt. Und dann regelmäßig ablegt. Ganz unten in jener Schublade, die man ungern aufmacht.
Es ist nicht das Ende, das Angst macht, sondern die Ungewissheit davor. Die Alternative? Ein Leben wie vor der großen Wald-Freiheit? Olli zurück in die vier Wände holen mit eingezäunter Terrasse. Ein Ding der Unmöglichkeit, maximal durchsetzbar in den kurzen Abwesenheiten der Butlerin, wenn die Fliegercamps warten.

Der Tracker wird immer besser, vermutlich kommt eines Tages eine Minikamera zum Einsatz. Dann lösen wir auch die letzten Rätsel, die uns unsere Freigänger-Katzen aufgeben. Im schlimmsten Fall zeigt der Tracker „das Schlimmste" auch noch live. Schon fraglich, ob man gerade diese Einblicke verkraften könnte.

Der Tracker kann nicht verhindern, dass Olli altert. Der Waldkater hält sich fit, keine Frage, das Schrittpensum muss die Butlerin (im aliquoten Vergleich) erst einmal schaffen. Alle Geschichten von sehr alten Katzen, die 20 und mehr Jahre erreichen, werden gerne gelesen und gespeichert. Wie jene von Nera, einer 22 Jahre alten Tigerkatze, die seit einiger Zeit im Haus einer Freundin der besten Katzenfreundin ever wohnt und dort das Revier aufmischt. Das nährt die Hoffnung, dass Olli seine Geburtstagstorte eines Tages auch mit 22 oder mehr Fischkerzen schmücken kann. Was er der Butlerin geschenkt hat, lässt sich jetzt schon kaum begreifen oder beschreiben. Gerade in Zeiten, wo alles durcheinander wirbelt und kein Stein auf dem anderen bleibt, ist Olli ein verlässlicher Lichtblick. Ein Miao zur rechten Zeit und schon sieht die Welt wieder rosiger aus. Lachen und arbeiten kann man mit Kater besser. Das ist jedem Katzenbesitzer klar. Die schönsten Fotobomben bei Zoom-Videokonferenzen liefern nicht die Zweibeiner, sondern unerwartet auf dem Schreibtisch landende Kuschelkatzen. Olli von Stanolli ist der persönliche Clown, bei dem die Butlerin mindestens einmal täglich das Lächel-Rezept einlöst. Olli war immer schon auf sich bewegende Stifte scharf. Das kommt von seiner frühen Prägung, als die beste Katzenfreundin ever einmal länger auf ihn aufpassen musste und ihre schriftlichen Korrekturarbeiten vor der kleinen Katzennase absolvierte. Da tanzte der Stift und Olli pfotelte mit. Im stolzen Alter von 14 Jahren findet Professore Olli vor allem wackelnde Bleisteifte weiterhin zum Reinbeißen gut.

ROT-GRÜN. KATZE EWIGES RÄTSEL.

Wie könnte sich die Butlerin ohne Kater denken? Nur als Vielreisende, die aus der dann leeren Wohnung fliehen wird. Ganz katzenleer wird die Wohnung allerdings nach Ollis Abgang nicht sein. Denn so wie seine Schwester Stanzi hin und wieder als kleiner schwarzer Geist auftaucht - und das nicht nur zu Halloween - wird Olli seine dicke Pfote immer wieder einmal auf die Butlerin legen. Selbst wenn das nur der federleichte Schatten einer Pfotenberührung ist, wer ein Herz für Katzen hat, kann sich dieser späten Magie nicht entziehen. Ein kleiner Trost, aber besser als nichts.

GEHEIMNISSE

Es gibt ein paar Fragen, die der Butlerin auf der Seele brennen. Die Hälfte davon hat mit Katzen zu tun. Rätsel, die mehr werden. Denn die Freiheit im Wald ist auch die Freiheit vom Sofakissen. Der Tracker verrät nur die Oberfläche, doch an die Wurzeln des freien Katzenlebens kommt er nicht.

80 Prozent unserer Orientierung in der Welt kommt über die Augen. Was sieht Olli, wenn er den Wald und die Gärten erkundet? Und falls er denkt, was denn? Hier also, anstatt eines traurigen letzten Abschiedskapitels, ein paar bislang unbeantwortete Fragen an Olli, den Freigänger:

Was siehst Du in der Dämmerung auf Katzenhöhe?

Welche Wege tun Deinen Pfoten gut?

Wie verstehst Du Dich mit anderen Tieren? Und mit andren Menschen?

Wärst Du vielleicht bei der Metzgerin von Hallein glücklicher gewesen?

Wen schnurrst Du noch an, außer der Butlerin?

Wohin gehst Du im Traum?

FINE

DANK

an Kerstin Pabst, die so begeistert auf die Vorstellung eines „lustigen Katzenbuchs mit ernsthaftem Boden“ reagierte und trotz Tierarztstress Zeit für die Beantwortung der vielen Fragen fand

an meine Freundinnen, die mir nie dagegen, sondern immer zuredeten, wenn es um „das Buchprojekt mit Olli“ ging

an Barbara Baueregger (Cover-Collage) und PampelMuseRouge für ihre fantastischen Grafiken, die Olli an jene Stelle heben, die ihm künstlerisch gebührt

an Claudia Spanring, die souverän die kritische Aufgabe der ersten Formgebung in Angriff nahm

an Professore Steinsky, der mit der großzügigen Überlassung des Liechtenstein-Refugiums erst Ollis Metamorphose vom Sofakater zur wilden Pfote ermöglichte